的 独居冰岛 一年

嘉倩 —— 著

你好吗？ 我很好。

Hvað segir þú gott? Ég segi allt gott.

嘉倩

2020年5月 冰岛

天津出版传媒集团

天津人民出版社

图书在版编目（CIP）数据

独居冰岛的一年 / 嘉倩著 . -- 天津 : 天津人民出
版社 , 2019.11（2023.3 重印）
ISBN 978-7-201-15438-1

Ⅰ.①独… Ⅱ.①嘉… Ⅲ.①随笔－作品集－中国－
当代 Ⅳ.① I267.1

中国版本图书馆 CIP 数据核字 (2019) 第 218167 号

独居冰岛的一年
DUJU BINGDAO DE YINIAN

出　　版　天津人民出版社
出 版 人　刘　庆
地　　址　天津市和平区西康路 35 号康岳大厦
邮政编码　300051
邮购电话　（022）23332469
电子信箱　reader@tjrmcbs.com

责任编辑　金晓芸
特约编辑　妙　妙　康悦怡
装帧设计　明轩文化·王　烨

印　　刷　天津市银博印刷集团有限公司
经　　销　新华书店
开　　本　880 毫米 ×1230 毫米　1/32
印　　张　9
插　　页　1
字　　数　150 千字
版次印次　2019 年 11 月第 1 版　2023 年 3 月第 9 次印刷
定　　价　68.00 元

目 录
CONTENTS

如何阅读这本书

　　此刻我在雷克雅未克的居民区，在书桌前打出这些文字。

　　冰岛生活迎来第三年。昨天去主街看了一场电影，回家路过曾经独居一年的尖顶小屋，看着昔日在暴风雪中每天上下班乘车的站台，回忆刚搬来冰岛的第一年，那些生活片段好似蒙了层胶片滤镜，既熟悉又陌生。

　　这本书的文字，很多来自那年每天睡前写下的日记。隔了一年，我成为自己生活的观察者，有了些局外人的冷静。我重读日记，客观地删减与增添，将素材依照逻辑整合，加强文字表达的可读性，创作出了这一本书。

　　还记得面试工作时，一位同事是华人，她在冰岛生活了快十年，对我坦诚地说："外面的人会觉得这里多么神奇，但真正生活在冰岛，也就这样。生活和旅行是不一样的。"我对这句话印象深刻，一直记到现在。

事实上，每天上下班，吃饭睡觉，的确如此，也就这样。但若细细品味，却有些值得记录的细节。日记中的文字也印证了，冰岛生活既不新奇也不无趣，带有些许的仪式感，同时充满了琐碎日常。矛盾的平衡，或许是所有现实生活的写照吧。

这并非我出版的第一本书，在此之前，已有十余本出版。成为作家一直是我从小的梦想。大约五六岁时，和爸妈坐绿皮火车去给奶奶扫墓，带了瓜子和花生。车厢拥挤，上厕所路过一个女孩，长发披肩，低头静静看书，车窗开了条缝，风吹来，她的一缕头发落下。那画面让当时的我觉得十分美好，默默埋下了这颗梦想的种子：等我长大，也要写书，让陌生人带着我的书，坐火车、坐飞机去世界各地。

说说我自己。我在上海出生长大，六岁前跟着外公外婆在闸北区七浦路的弄堂里生活，后来被父母接走，十八岁前一直在虹口区。父母在成长岁月里未能获得太多的指引。爷爷曾在宁波乡下种地，跑到上海擦皮鞋，奶奶去世早，父亲争气，考上了大学。至于外公，同样来自乡村，小学文化，为了生计，去福建当兵。外婆没念过书，不识字，靠着给人洗衣服，独自养大四个女儿。妈妈排行老二，性格隐忍，中专毕业后到工厂上班，直到工厂倒闭，去学了会计再就业。或许他们因为曾缺失了人生指引，于是鼓励我多阅读，从书中获取生活的诠释与智慧。

我从来不是个懂事的好女儿，也不太合群。我从上海重点高中毕业后被家乡还算不错的大学录取，却自己报名了澳门学校的面试，跑去旅游学院读酒店管理。大学一年级后，学校送我去荷兰做交换生，我任性，干脆转学，在欧洲读国际传播学。在国外的三年，父母省吃俭用，供我念书。毕业后回国，进入英国外交部下的使领馆，成为新闻官员。大学期间在网络上写作，拥有了些读者，由此受到出版社关注，自以为作家梦不再遥远，于是工作一年后辞职，无业四年，专职写作。当我意识到自己不过是个普通人，没有足够的才华，更没有足够优渥的家境，尤其事业、婚姻和身体通通跌了跟头时，抑郁两年，灰头土脸，决定好好活着，先吃饱饭，于是再次寻找工作。幸运地取得了冰岛技术人才工作签证，在商业公司的办公室过上了打工赚钱的日子。

沉默了一年，还是放不下作家梦，在冰岛的第二年，回归网络写日记，描述在这个遥远的神秘国度的日常。没想到文章发布后，几乎每一篇都收获了上万读者的共鸣。因此有了这本书的诞生。

网络写作让我和读者近距离交流，因此我知道了大家关注我文章的种种原因：有人处于和曾经的我一样的抑郁状态，有人同样在异乡或异国独自生活和工作，有人好奇在冰岛能过出怎样的生活，更多人则是挣扎于眼前的生存困境，希望在我分享的文字中获得一些宁静，也希望拥有改变现状的勇气。对我自己来说，这本书代表了写作事业的新希望，是一次突破自我的写作类型挑战，更是冰岛生活第一年的里程碑。

身为作者，对这本书的读者有什么建议吗？有，首要关键字是"具体"。这本书记录了我在冰岛的第一年里所看到和感受到的细枝末节。

回头看，这一年过得很漫长，然而哪一年不是漫长的？感到漫长通常是因为发生了很多事，但我感受到的则是另一种具体的漫长。独居冰岛，我和自己相处得不错，恢复了敏锐的触角，让所有细节的酸楚和甜蜜扑面而来。我能清楚记得时间流逝的每个片段：深夜蹲在烤箱前看蛋糕的膨胀，周末醒来听一首歌看着天花板发呆，暴雨时散步抚摸路边的猫，坐在冰岛语教室里上课偶然瞥见窗外的日落，露营地清晨闻到的青草香，在加油站又冷又饿往嘴里猛塞炸薯条，摘蓝莓的傍晚，暖气片上手洗的内衣裤，午睡时被风吹起的窗帘，冒泡的开水和等待下锅的面条，一勺蜂蜜融化在睡前的热牛奶里，塞满蔬菜的超市手推车，曾经静不下心阅读的古文小说读到了最后一页，多年前看一半放弃的慢情节文艺电影剧终时掉下的感动的眼泪，坐在礁石上闻到的大海气味，北极燕鸥的迁徙，鲸鱼呼吸时喷发的水汽。

　　3月的第一天到达冰岛，雪落在脸上冰凉；4月的雨融化了路边积雪；5月的候鸟飞回来筑巢；6月的凌晨2点阳光灿烂；7月的蓝莓漫山遍野，随手采摘；8月的游客熙熙攘攘，一号公路上房车拥挤；9月的极光在家里的阳台可以抬头看到；10月的风吹来了坏天气；11月的第一场大雪覆盖了整座岛；12月的黑夜无边无际；1月的暴风雪夜在家点蜡烛喝茶看书；2月的露天温泉泡得全身发烫，去旁边小卖部吃冰淇淋；3月风停止，起雾了，雪山消失在海的尽头，又迎来新的轮回。

住在城市的前些年，我发现我永远是在为了生活做准备，购物是为了准备，饭局是为了准备，赚钱是为了准备，即使谈论人生的对话也是为了准备，从未真正生活。来到冰岛，过上言之有物的生活，少一些虚张声势的形容词，投身在具体的细节中，一路沉下去，沉到底，感受日常细节里的细腻滋味。

我不想过靠着刺激和新鲜感才能感到活着的那种生活。从小家里吃得清淡，少盐少糖，水煮青菜也吃得津津有味。外出读书后才开始吃辣，发现一件有趣的事情，加了辣椒以后，食物味道放大，渐渐的越加越多，直至无辣不欢，偶尔吃顿清淡饭菜，竟食不知味。或许网络对于生活，即辣椒之于食材，每一次的热点带来了情绪高潮，一夜冷却后，寻找下一个刺激点，越活越麻木。

总之，请做好准备，这本书里处处是具体的细节，如同那个平淡无奇的星期六，夜晚临睡前，我在日记本里写下："昨晚又下雪，捧着茶杯，窝在被子里看书，看到犯困，睁不开眼。今天醒来，屋里实在太热，暖气调小了些。喝了杯热牛奶，蜂蜜没了，夜里散步顺带买新的。开始打扫房间，窗外刮大风，窗户开条缝，听风在咆哮。过一会儿，乌云被吹散，天蓝得不像话，阳光照在墙上，邻居的猫路过，影子拉得老长。"

也许永远都无法实现的作家梦，如今作为爱好以后，感觉轻松了许多，面对读者更坦诚，面对自己也更轻松。重要的是行动，写下去，一直写下去。

祝阅读愉快，谢谢你成为我文字里的朋友。

2019 年 2 月 15 日星期五

雷克雅未克，冰岛

一只邻居家的猫

no.1　独居

no.1 独居

二十八岁，我搬到冰岛，过上了朝九晚五的办公室生活。

独居的一年，我才知道，原来一个人在最绝望的时候，不是死掉，而是重新开始。

· 1 ·

冰岛的首都是雷克雅未克，市中心有个大教堂，底下是一排排彩色尖顶小屋，其中一栋的地下室，三十五平方米，是我独居了一年的地方。房间不算大，一个人住，有独立厕所，往里走，有床，有灶台，还有一张沙发。来冰岛工作，是我"溺水"时撞了大运，抓住的一根救命稻草。

到了冬天，路面打滑，从窗外传来路人跌倒时的咒骂声。世界各地的游客，不同语言，不同口音，脏话不怎么重样。每逢周末，凌晨时分，醉酒的冰岛年轻人唱着歌，歪歪扭扭走过我的小窗。

住在这里，开门常有惊喜。有时一只猫趴在门口蹲守，趁我不防备，飞蹿进屋。有时院子里的郁金香开了，一朵朵像彩色高脚酒杯似的。还有时一个浩浩荡荡的剧组和我不知道的外国明星，在家门口拍戏。

刚搬来的时候，房东指着墙上的一张黑白照片，说那是这屋一百多年前的模样。房东是个爱蜡烛的冰岛中年男人，屋里有三扇窗，每个窗台都摆了蜡烛。自从入住，我不曾点过一根，怕把这百年老屋给点着了，一路烧到大教堂，估计会成大新闻，我的照片会上冰岛国家电视台，当日头条的那种。

· 2 ·

独自来冰岛，在离家很远的地方，铲除了一切社会关系，从头来过。这事听起来梦幻，但我的日子过得特别具体，白天在单位，戴上耳机，敲键盘敲一天，晚上到住处，吃饭睡觉。身边同样因为工作搬来冰岛的外国人更踏实，更积极，有人买了房，咨询银行后，又换了更好的养老保险。

在商业公司上班和全职写作的最大不同，是每天下了班当日任务就算完成，便无忧无虑了。写作不一样，醒来开始写，睡前还在写，梦里依然在写，至于赚钱，却无力实现。

终于有了时间能什么都不做，因此独居以后，长期的失眠得到了缓解。下班到家，大门反锁，洗了澡，拉紧窗帘，戴上眼罩和耳塞，不设闹钟，一觉睡到第二天早晨，醒来去上班。有时凌晨睁开眼，再也睡不着，消化系统良好，起来上厕所，刷牙洗脸，整个人像重启了一样，想事情都积极了许多。

夏天冰岛极昼，凌晨和中午差不多，阳光明媚，穿上羽绒服出门散步，一直走到海边，看灯塔发呆。到了冬天，常常暴风雪，没法出门，头发盘起，泡一杯茶，看看书，写写日记，夜深人静，唯独厕所排风扇在转。6点半游泳池开门，上班前去锻炼。

·3·

偶尔逛街，抱回家的都是厨房用品。一个人生活，变得不在乎穿衣打扮，衣服全是基本款，但碗碟好看，心情会不一样，毕竟独居的幸福时刻大部分和食物有关。

下班到家，饥肠辘辘。煮一锅水，冒出第一个气泡，这时下面条，滚水中煮软。油锅炒番茄，倒入面中，鸡蛋打散在番茄红汤里。找一部电影，捧着热气腾腾的面边看边吃，

沉迷于料理，一整天都在包饺子，虽然样子不好看，但很有成就感

面没了，捞蛋花，再把汤喝个底朝天，咕咚咕咚，摸摸肚子，打个饱嗝。

半夜三更突发奇想，想吃年糕，想吃到打滚儿，就从柜子里取出从亚洲超市淘来的糯米粉自己做。为了吃那么一口，忙到天亮，白天顶着黑眼圈上班。还有一次喝了浓茶，半夜躺在床上，翻来覆去睡不着，干脆起来烤一个芝士蛋糕。蹲在烤箱前，看蛋糕像被施了魔法一样凸凸地膨胀，烤箱的灯照在脸上暖暖的。

一个人吃饭容易浪费。买了肉能连吃一个礼拜，变着花样做都还有剩的。有一回吃得肚子疼，后来一段时间和肉有仇，光吃素，洋葱炒蘑菇、番茄蛋汤、土豆泥胡萝卜，翻来覆去吃。三餐顿顿下厨，坚持的一年里难免遇到瓶颈，也有时工作辛苦，到家打不起精神，胡乱弄一顿，谈不上味道，做了些"为了活下去而吃的饭"。比如啃黄瓜煮土豆，开水烫牛肉再撒盐；比如白米饭配水煮花椰菜和胡萝卜，煮面滴麻油；比如圣诞节储备了玉米罐头、菠萝罐头、番茄罐头，跟老鼠过冬似的，在家慢慢啃完。

· 4 ·

　　独居的时候，生活变得具体，正因为具体，才容易感受到淡淡的愉悦。哪怕洗澡这样的日常小事，也成了享受。下班后，甩掉笨重的登山鞋，脱掉袜子，赤脚踩在地板上。白天有过心烦意乱，有过煎熬烦躁，回到家像超人进入电话亭，关上淋浴隔门，温热的水落下，浴球搓出泡沫，好闻的沐浴露洗掉所有的疲惫。

　　走出淋浴间，头发冒热气，在垫子上擦干湿漉漉的脚，穿上软软的棉拖鞋，用棉签掏耳朵，涂润肤露。穿上短裤和背心，打开加湿器，暖气调到最大。窗户没关，风从缝隙里吹来，空气凉凉的。音响连上蓝牙，音乐缓缓呢喃。沙发上铺毛毯，水壶烧开，呜呜地响，冒出白蒙蒙的水蒸气，取一把洋甘菊，放入热水中。不想过去，不想未来，一个人，在属于自己的房间里安静呼吸。

　　内衣、短裤、汗衫，手洗起来简单。水池搓一把，抹了香皂，冲水，旋转拧干，晾在暖气片上，一整晚屋里飘着肥皂香。大毛巾洗得费劲，水池装不下，也搓不动，灵机一动，买了脸盆放在淋浴间接水，倒入洗衣液，两手各捏毛巾一角，深蹲二十个来回，毛巾洗干净了，人也一身汗，仿佛去了健身房。

买一张雷克雅未克城市卡，花一天时间，独自逛博物馆

这条路的尽头是我居住的小屋

这还没完，拧干湿毛巾又是体力活，要分好几段，耐心拧水。虽然辛苦些，但每次洗澡后裹上干净的大毛巾，一件件穿上内衣和睡衣裤，全身好闻的香皂味，暖烘烘的，倒也幸福。

·5·

至于生活习惯，会因为一个人住，变得越来越好吗？并非如此。我不爱洗碗，因为独居，这坏习惯愈演愈烈。每次吃了饭，脏碗碟堆在水池，日积月累，直到柜子掏空就着锅吃手抓饭，才戴上橡胶手套。滚烫的水哗啦啦洒下，听着音乐，脑袋放空，背脊发酸，移走水池巨山，眼前焕然一新，那种清空以后的快感，屡试不爽。

独居以后，也养成了另一个怪病：强迫症。在冰岛，家家户户用电磁炉，每次拿走锅子容易忘了关，尤其早晨出门时，烧水灌保温杯，难免匆匆忙忙。直到在办公室坐下，怎么也回忆不起是不是关掉了炉子，上班的一整天都牵挂着，又没人可以打电话拜托去看看。直到下班，回家路上看到消防车朝着家的方向呼啸而过，自暴自弃地想，是不是电磁炉烧了一天温度太高，点燃了旁边的抹布，抹布又把衣服给烧着？百年老屋逃过了蜡烛，却没逃过电磁炉吗？

渐渐的，我得了强迫症，出门前反反复复检查五遍炉灶，还非要一个一个摸，有点余温都不行。最严重的时候，已经走到公交车站，又强迫自己回家，开门进屋摸一摸炉灶确认。

· 6 ·

社交方面则是几乎为零。因为工作"空降"到冰岛，不像留学读书会有同学或社团活动。作为商业公司的合同员工，来去自由，同事仅是同事，因利而聚，客客气气，下了班各自散去。也不是不想交朋友，而是独自在外，一个糟糕的朋友成本太高，于是调整了心态，难得到崭新的地方清静一下，零社交带来了巨大的自由。

很长一段时间，唯一说话的对象是爸妈。彼此的理解倒比来冰岛前更深了。上班路上正好是国内的晚饭时候，我举着手机，一边走，一边和爸妈视频。他们聊晚饭吃什么，我聊我的午餐盒里准备了什么；他们聊老家热了，棉被晒好收进了柜子，我聊冰岛还在下雪，当地买的防水裤很实用。有时走到海边，快到办公室，海风大，听不清他们说话，他们也听不清我的声音。到了周末接着聊，聊得更久，直到没话讲才挂。

在雷克雅未克大教堂的塔楼，俯视层层叠叠的彩色屋顶

有一次家里安装网络，电讯公司派来了工作人员，短短二十分钟，让我整个人不自在。三十五平方米的空间里，习惯了独自一人，临时多了个人，肠胃开始不舒服。终于等到工作人员走了，我喘口气，谢天谢地，大便畅通，洗澡很香，全身干净。

· 7 ·

独居以后，时间都是自己的。起初沉迷工作，生活只有上下班，还自愿加班，回家睡一觉，第二天醒来直接去公司。这样的状态持续了一个月，有些空虚，我明白了一件事：人活着，要自己找乐子，独居的三十五平方米，不仅是一个人的房间，还是一个人的家。

我开始找些事情做。大概是独居的缘故，看书，学冰岛语，效率极高。以前半途而废的古文名著，海运寄到了这儿，一点点啃完。大声背单词，反反复复，直到嗓子哑，不担心别人觉得傻。也会做些奇怪的事情，理发手艺逐渐精湛，要是剪坏也不妨碍，会看镜子看很久，直到看顺眼；做一桌好吃的，花心思摆盘，拍了照，全部吃掉；衣柜大清理，每套都穿一穿，搭出新花样。拥有了对时间的掌控权，学会把日子过得充实，这是独居的必修课。

有时在家待久了，担心变得自闭，会出个远门。周末报名旅行团，混迹在游客里，陆陆续续把冰岛的角角落落都走遍了，看了不同月份的杰古沙龙冰河湖，也徒步感受了不同天气的索尔黑马冰川。工作日下了班，没有车，去不了很远的地方，于是来来回回逛雷克雅未克。兜里只有一把家门钥匙，不带手机，也不带钱包。

从家出发，一路下坡，看彩色的小房子，直到尽头是大海，看对岸的艾斯雅山。冰岛下雨频繁，常年大风，没法打伞，一件雨衣在冰岛是生活必备品。散步时，小雨滴挂在衣服上，像一颗颗水晶球，用力抖肩膀，雨滴弹跳，落了一地。要是雨下大了，噼里啪啦，这时脑袋瓜能感受到每一滴雨的重量。

· 8 ·

一个人住在冰岛，什么都要用钱买。想讲人情也没地方可以讲。遇到了问题，自己琢磨，自己解决。疏通马桶，换电灯泡，调小烟雾警报声，这都不算什么。倒是作为没怎么见过暖气的南方人，买了工具箱，奇迹般地修好了家里的暖气片。实在没忍住，骄傲地叉了一会儿腰。

每个月 5 日给房东转账，薪水刚到手，便花了三分之一。另外的三分之一，支付水电费、餐饮费、交通费。余下的存着，给爸妈买机票来欧洲旅游。交房租时总会心疼，这是唯一希望有室友的时刻，平摊房租还能存下些钱。但转念一想，更怕遇到糟糕室友，把下班后难得的自由时间也过成了煎熬。由此看来，一个人住，自由快乐，这是花钱买的。

· 9 ·

关上门，自己只有自己了。感冒发烧，请了病假，喝很多水，来来回回跑厕所。生理期，切姜片，烧红糖水，一杯下肚，躺在床上捂好肚子。坚持每个星期游泳，坚持每天三餐下厨，坚持晚饭后两粒含维生素 D 的冰岛鱼肝油，坚持睡前一杯全脂热牛奶。

花钱不犹豫，自己赚，自己买，自己用，不用跟谁解释。烧菜的油，要买好的。卫生巾，要舒服的。为了提升睡眠质量，买了羽绒被、羽绒枕头，还有被套、床单和枕套要讲究材质，软软的，躺在上面像在云里睡觉。洗澡的热水，屋里的暖气，所有给生活带来舒适的元素，都是用工资买的。

虽说一个人吃饭也吃不了多少，不必常常去超市，却总

觉得进超市有一种快感。雷克雅未克主街的粉红猪超市下午 6
点半关门，6 点 20 分后不许入内。有时下班早，加快脚步赶
在 6 点 20 分前进去，到水果柜台，一盒蓝莓，一盒草莓，往
篮里扔。喜欢的沐浴露、洗头膏，统统买回家，在浴室摆一排。
一股强烈的、真实的幸福感，自己宠爱了自己。

· 10 ·

独居冰岛的一年，越来越克制。即使遇到了事情，心烦
意乱，也等回到家，写日记梳理。实在想不通时，情绪满到
溢出来时，想求助却不知能在冰岛找谁时，会去洗澡，淋着水，
放声大哭。不觉得这样可怜，人都有情绪，都要发泄，发泄好了，
换上干净衣服，睡一觉，醒来又是一条好汉。

无论如何，在许多的不确定中，最心安的是回家，哪怕
只有三十五平方米，哪怕是临时租来的房子，也算自己的宇宙。
心乱也好，疲惫也好，关上门，我是我自己的。

· 11 ·

一直以来，我对人都有些精神洁癖。刚认识的时候，谁

常常沉默地散步，到了托宁湖边坐下，看天鹅和鸭子

都是完全不计较的真心朋友，一旦发现对方的功利或自私，便宁可完全不相识。结交的人，若不是最好的朋友，真心赤诚，便是陌生人，不存在中间地带。因此我虽然身处人群中，却总不合群。

独居的一年，冷冷清清，还真寂寞啊。独居带给我最大的收获，是发现人和人之间抱着各自的目的，进行平等的交易，这才是最公平、最自由的状态。做一个有目的的人，不但实现了目的会开心，交易的时候，别人也能衡量所付出的，自己不占别人便宜，别人也不占自己便宜。在这基础上，偶尔的温情才格外感动。全是好人，每个人都无私无瑕，这样的世界要是存在，有点无聊。大概因为如此，现在的我学会了合作，学会了谈判，也懂得了把握人和人的边界。做事把最坏的情况想一遍，衡量自己能解决多少。每当有人帮忙，会觉得自己被老天眷顾，便一直记得和感恩。活得也轻松，开心了许多。

我还变得更自主，生活里有了他人的存在，我依然掌握自己的节奏。因为独居，学会了找乐子，一个人散步，一个人吃饭，也开开心心。要是有一天回归独居的状态，不抗拒，也不恐慌，因为经历过，发现没那么糟。有人陪很好，自己过也可以。对了，时刻记得，金钱是自由的基础。

结冰的托宁湖，附近中学的男孩们在湖上踢球

站在冰岛的大自然中，人类如此渺小

灯塔附近的人行道

去欧洲和美洲的大裂缝浮潜，见到一块可爱的标识

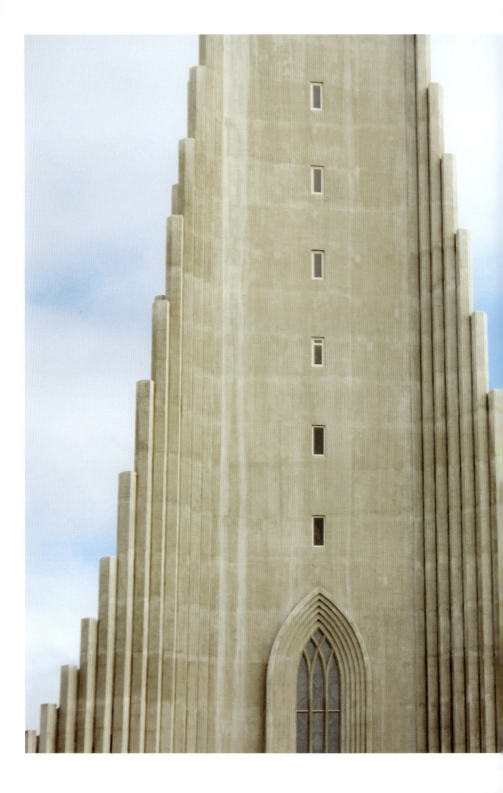

漫步
雷克雅未克

哈尔格林姆教堂，雷克雅未克的标志性建筑

no.2 漫步雷克雅未克

屋里待不下去的时候，我常常出门，在街头散步。这座首都城市很小，沿主街从一端到另一端，二十分钟就能逛完，因此我便绕着一条条宽街窄巷，仔细查看角角落落，每次如此。走着走着，走出了感情。坐在书桌前，写一写我所居住的雷克雅未克。

· 1 ·

冰岛语中"雷克雅"指的是烟，"未克"是港口，合起来的意思是——冒烟的港口。公元 870 年左右，第一个人来到冰岛长期定居，当船靠岸，他见到这片海港飘着火山地热的烟，于是简单形象地称这里为雷克雅未克。

雷克雅未克位于北纬 64°，非常接近北极圈。按照常识推断，这里应当属于高纬度极寒地区，人类无法生存，然而雷克雅未克并没有想象中那么冷，年平均气温为 4℃，冬天最冷不过 -10℃，与其说寒冷，不如说凉快更为恰当。

· 2 ·

雷克雅未克太小了，要是有人在这里都能迷路，我实在想不通他是怎样做到的。这座城市不但小，还没什么高楼大厦，沿街都是低矮的彩色尖顶小屋。即使沿着岔道走远了，抬头一看，总能看到大教堂，冬天夜里黑漆漆一片也不打紧，大教堂的尖顶一直亮着灯，走回大教堂便能回到市中心。

至于交通，雷克雅未克更没有大城市的标配。这里见不到地铁，也没有轻轨，橘色公交车往往半小时一班，出租车很少见，即便偶尔在路边瞥见一辆，招手了司机也不停，得打电话预约才行。

街头的游客常年比当地人多，营造了奇特的氛围。下班混入捧着相机的队伍中，听着世界各地的语言，仿佛地球浓缩在了雷克雅未克的主街上，在居住的街道竟能有旅行的新鲜感。有时感觉自己生活在一个巨大的景区，以前好奇会不会因此厌倦，亲身体验后发现反而常常被惊喜到：托宁湖的天鹅在发呆，鸭子在打架，互咬屁股；不远处的艾斯雅山刚下过雪，山顶是"香草味的冰淇淋"；海鸥翱翔，云很白，发出一阵阵"坏笑"。

　　住在雷克雅未克的人，往往都会对雷克雅未克产生一种难以捉摸的感情。有的时候，抱怨这里什么都缺，什么都贵，什么都小，什么都不方便，凄凉冷清人好少。也有的时候，雷克雅未克成了大都市，尤其是从郊外农场归来的时候，从一号公路驶入城市快车道，见到久违的路灯和红绿灯，远处星星点点的城市灯火令人感动。

　　记得有一次参加一星期的环岛旅行团，最后从阿克雷里坐飞机回到雷克雅未克。当飞机在城市上空徘徊，大教堂出现在视野里时，那一刻我对雷克雅未克的爱快要溢出来。

· 3 ·

　　在雷克雅未克，有两个地标性现代建筑，不少游客也表示印象深刻。一个是位于市中心的大教堂，另一个是托宁湖边的市政厅。这两个建筑物的"丑"有些类似，同样的极简风格，同样的灰色外表。

　　先说说大教堂，它的全名是哈尔格林姆教堂，是为了纪念一位重要的冰岛诗人——哈尔格林姆。大教堂是雷克雅未克，甚至整个冰岛最具标志性的地方，当地人见面会约在教堂门口，大型的庆典和游行也往往把教堂作为起点。这是整个雷克雅未克最高的建筑——74.5 米。教堂塔楼可以在白天时乘坐电梯登顶，在那里能看到城市的全景，拍下彩虹一样层层叠叠的屋顶。正是由于和周围这些百年尖顶小屋形成对比，大教堂显得有些突兀。那些见过高迪的圣家族大教堂，见过意大利街头随意一座教堂的游客，看到这座冰岛最有名的教堂，难免会心生疑惑——这教堂是认真的吗？

作为居住在教堂周边的居民，我认同游客的想法。起初我并不喜欢大教堂，但每天上下班也好，去超市买菜也好，都会路过大教堂，在日积月累中越看越顺眼。去过黑沙滩就会发现，教堂正是以玄武石柱为设计灵感。突然感到有趣，高迪认为直线属于人类，因此一生崇尚曲线设计和建筑，还原自然，可是在冰岛，那些玄武石柱却是天生笔直。我并不懂建筑，或许大教堂应归类于现代工业极简风，但在我看来，它是冰岛大自然的写照。

再来简单说说市政厅。曾经的报纸记录着，市政厅在1992 年建成，当时的舆论分为憎恶和喜爱两个极端。市政厅位于老城区，这里有不少漂亮的尖顶屋，造价不菲，单单市政厅被建成了灰灰的一小栋楼，毫无特色，容易被忽略，如

教堂的设计灵感来自玄武石柱

果光顾着拍照，很可能回家后也不记得见过市政厅。外加市政厅没有警卫，也无保安，市长拎着包上下班，没人打搅，因此还经常发生游客去市政厅前台问哪里是市政厅的笑话。

· 4 ·

在我散步的路线中，总会包括一个地方：墓地。先别急着下定论，也把脑海里阴森恐怖的画面抹掉，雷克雅未克市区的这一片墓地被《国家地理》杂志评为"欧洲最可爱的墓地"，我认为这个称号实至名归。

起初知道这片墓地，倒不是我故意搜索来的，是一个偶然遇到的西班牙女孩告诉我的。她在维克镇打工，经常会坐大巴车来雷克雅未克，用她的话说是感受大城市的生活，除了看电影，她还会去墓地散步。当时我很震惊，以为听错了，再三和她确认。她告诉我，这片墓地的特别之处是在死去的人身上种树，如今已有不少百年的参天大树，走在树林里，能感受生命的宁静。

墓地位于雷克雅未克的西边，没有管理员，随时都可以进去。最早的墓碑是 1838 年的，大部分沉睡于此的是 19 世纪和 20 世纪早期的冰岛重要人物。显赫家族使用在当时很珍

"欧洲最可爱的墓地"

贵的希腊石块，音乐家用充满艺术感的雕塑代替墓碑，富有的银行家族的墓地区域如今已无人打理。

当时的风俗是在人入土后种下一棵树苗，经过一个世纪，树木枝叶繁茂，特别是在极昼的夏天，百鸟鸣叫，深夜也日光明亮，完全没有墓地的阴森。许多墓碑布满青苔，雕刻的姓名和年月已无从辨识，那些人已经消失在时间的河流中，唯独留下一棵棵挺拔的树木，仿佛一个生命滋养了另一个生命。烦恼的时候，走进墓地，看着这些树我会想，即便最糟糕，也不过是成为一棵树啊。

· 5 ·

　　我喜欢冬天的托宁湖，可以在结冰的湖面散步，看人们在湖上做各种各样奇怪的事情。

　　托宁湖的鸭子们是我一定会探望的朋友。冬天极光在头顶飞舞，它们睡得比夏天更久，在湖边蹲一排，扭过脖子，嘴巴插进翅膀里。看久了我不禁好奇它们不会脖子酸吗？快要开春，天气暖和些，小鸭子出生了，连成一串跟在鸭妈妈身后。一阵大风吹来，小家伙们东倒西歪，队伍被吹散。夏天，一只只鸭子在湖里倒立，蹶着屁股找食吃，这画面也很可爱。

　　一些游客非常豪迈，朝湖里扔整袋的面包喂鸭子。最先出现的是馋鬼海鸥，呼朋引伴，粗着嗓门大叫：这里有食物啊！来晚了就没啦！快抢啊！紧接着是伸长脖子的天鹅，腿长游起来也快。迟来的肯定是鸭子们，用力踩水，即使脚丫踩成螺旋桨，还是慢，好不容易到了，食物往往已被哄抢一空，只得空手而归。偶而有眼尖嘴快的鸭子，叼着了面包也不高调，赶紧游出鸭群，找个角落默默地吃，还要背对着。

　　但凡在雷克雅未克城市机场着陆的飞机，都会从托宁湖上空呼啸而过，住在这里的鸭子、天鹅和海鸥早已习惯，倒是游客常常大惊小怪，毕竟很少在市中心见到飞得这样低的

托宁湖边，一些漂亮的小屋

飞机。如果你在托宁湖看到了飞机，很可能是从格陵兰岛或法罗群岛飞来的国际航班。我幻想中的格陵兰岛，是晴天时巨大的冰山在阳光下崩裂，发出烟花爆炸般的声响。我想法罗群岛有许多彩色房子，春天时，候鸟凭借童年记忆成群结队飞来，一如祖祖辈辈千百万年的习惯。

· 6 ·

雷克雅未克有三个拍照好看的地方，有时我散步路过，也会忍不住拿出手机，拍下眼前的画面。第一个是"太阳者航海号"，是位于海边的雕塑，从大教堂出发一路下坡，三分钟到达。春天，在雕塑的位置朝大海望去，能见到令人惊叹的夕阳。许多雷克雅未克的明信片上就是这幅画面，雕塑的寓意是提醒人们记得来时的路。

第二个是大教堂。由于大教堂位于山顶，从主街走过去，一路都是上坡，因此常常因为错觉，看见大教堂前的雕塑置身云朵中。这个雕塑也有来头，是美国送给冰岛的礼物，据说是为了纪念第一个到美洲定居的欧洲人——雷克埃里克森。后来我读了一本小说，书中描述了后来陆陆续续去美洲的冰岛人，对于那时的人们而言，如同书中所写，去美洲等于"去比死亡更遥远的地方"。

第三个是哈珀音乐厅。哈珀是音译，意思是"竖琴"。这是冰岛最大的音乐厅，也是最重要的艺术场地，每年这里都会举办演奏会、会议和政商活动。音乐厅建成于2011年，和大教堂、市政厅不一样的是，音乐厅的设计更为现代化，使用了玻璃，看起来好像音乐厅与对面的大海和雪山融合在一起。

哈珀音乐厅

"太阳者航海号"雕塑

· 7 ·

　　听说老一辈的冰岛人，特别是住在西峡湾一带的居民，来雷克雅未克宁可开自家小船，主要原因是那时公路不太好，开车费劲。小船到了雷克雅未克，往往停靠在老码头。不过如今，老码头是另一种热闹了，还被开发成了"鲸鱼大道"，道路旁整排的观鲸旅游公司，组织不同时段和不同船型的出海旅行团。

　　旅游业的兴盛还带来了餐饮业的繁荣，光是老码头这个小小的地区，就有至少三家受欢迎的餐馆。一家是以龙虾汤著名的海鲜店铺，那里还能吃到饱受争议的鲸鱼肉。还有一家冰岛当地口碑最好的快餐店，他们家的牛排汉堡，想想都能令人流口水。另一家则是高品质的饭馆，食材新鲜，厨艺精湛，摆盘好看，到了周末没有预订是吃不到的。

　　从老码头往主街走，会路过一家红色门面的小铺，任何时间去都有人在排队，卖的不是什么山珍海味，不过是热狗。雷克雅未克实在是小，以至于这家热狗店也成了必去景点之一。若按冰岛语翻译，店名应当是"最好的热狗"。但是冰岛语难念，游客图方便，都叫它"克林顿热狗"。

　　为何和克林顿扯上关系？克林顿任职美国总统时出访冰

岛，一位记者带他去了这个热狗摊，给他热狗时说："这是冰岛'最好的热狗'。"克林顿说："当然了。"新闻报道后，热狗摊一夜之间火了。从那以后，那些来冰岛游玩、开演唱会的明星，都会造访这个热狗摊。每次路过，我总抻长脖子，看看排队的人里面有没有熟悉的面孔。总感觉这个热狗摊的工作极有意思，不用出远门就能看遍世界各地的明星。

至于这个摊位的热狗是否好吃，答案还是肯定的。传统的冰岛吃法，全部的料都要加足：炸洋葱、新鲜洋葱、番茄酱、蛋黄酱和芥末酱。热狗是羊肉做的，汁水足，有嚼劲。包热狗的面包烤过，捧在手里是热的。由于是小摊，没有座位，没有遮风挡雨的地方，大家都站在寒风里吃，冬天下雪也不例外。或许是这种氛围，总让人感觉冰岛其他地方的热狗都没有这家的好吃。

冰岛最有名的热狗摊

冬天行走在雷克雅未克的街头，向天空望去，总能见到一束绿色的光柱。常有游客误会这是极光，激动大半天，我不忍心提醒。这其实是小野洋子为了纪念丈夫约翰·列侬所点亮的梦想和平塔（Imagine Peace Tower）。

这样浪漫的、天马行空的事情发生在雷克雅未克，一点也不令人感到意外。梦想和平塔的名字来自于甲壳虫乐队的歌曲《想象》（*Imagine*），灯塔建造在距离雷克雅未克仅五分钟船程的维迪岛上。2007 年 10 月 9 日，小野洋子来到维迪岛，第一次点亮了灯塔，直到 12 月 8 日，不再亮灯。（10 月 9 日是约翰·列侬的生日，12 月 8 日是他被枪杀的日子。）那年以后，每一年小野洋子都会来到冰岛点亮灯塔。在这期间，每天夜里走在雷克雅未克街头都能见到这道光束。其他的特殊日子也会亮灯，如圣诞节、跨年夜。

灯塔所在的维迪岛可以乘坐轮船前往，夏天时是理想的散步地点，整座岛不过三平方千米，可以隔岸欣赏雷克雅未克。在这里也能听到些有趣的小岛历史故事，虽然岛上只有两三个小屋，我的房东竟然在这座岛上出生，也是神奇。

· 9 ·

独自在雷克雅未克漫游，少不了逛一逛美术馆和博物馆。虽然这是一座小城市，但可以去的展览有许多，我推荐两个，一个是我常去的文化馆，还有一个是小有名气，值得猎奇的"丁丁"博物馆。

文化馆（Culture House）是冰岛最美的楼房之一，1908年建成。作为建筑物，它不但外观很美，内部更是具有设计感。这里展览的有冰岛维京时代的手写真迹、出土的石棺和近代艺术家的画作。每一件馆藏都令人出神，有助于深入了解冰岛的文化和历史。即便不看展览，这里的一楼还有家甜点店，相比主街上熙熙攘攘的咖啡馆，由于位置隐蔽，想看书、写日记的人能在这里获得一份安宁。当日新鲜蛋糕需要问店员才知道是什么口味，每天都在变。巧克力饼干一定得尝尝，下单以后店员才开始烤制，端上来时碟子还发烫，配着奶油吃一口，嘴角不自觉上扬。对了，也别忘记感受一下位于地下室的博物馆厕所。

冰岛千奇古怪的博物馆有许多，比如西峡湾地区有一个女巫博物馆，比如我的住处隔壁有个冰岛老太太，因为喜欢中国，于是开了家"中国博物馆"，收藏了许多中国瓷器。

所以，有个冰岛人收藏不同物种的生殖器，开了家全世界唯一专门收集哺乳动物的阴茎标本的博物馆，供大家欣赏，也在情理之中。

起初我只是抱着娱乐的心态去了这个博物馆，一进去就被门口泡在福尔马林溶液中的1.7米的抹香鲸生殖器吸引了眼球，旁边的信息卡写着，由于抹香鲸体型巨大，丁丁也有70到80千克。这个博物馆虽然小，但也有200多件展品，超过90个物种，包括人类。有意思的是，置身于这些生殖器中，竟能感受到一种科学研究的气氛，毫无色情意味。开博物馆的家伙可真是抱着认真收藏的态度在做，其中还夹杂了些俏皮，一张纸卡写着"精灵的丁丁"，展览柜是空的——精灵是看不见的。

博物馆创始人拥有拉丁美洲历史学学位，而后在学校当老师，教授历史和西班牙语。我看他的背景资料，大概是纯粹出于私人爱好建立的博物馆。早在1980年他产生了收集丁丁的想法，因为冰岛鲸鱼资源丰富，所以很容易就收集到了不同类别的鲸鱼生殖器，接着是陆地动物。1990年收藏了34种，1997年收藏了62种，然后建立了博物馆，很快有了人气，甚至有人为此专程飞到雷克雅未克参观。

· 10 ·

　　最后再走一遍主街，从一端走到另一端，看看店铺橱窗的上新，看看餐馆的新菜单。主街的冰岛语翻译成中文是"洗衣街"，也和过去的历史有关。主街曾是一片泥地，冰岛妇女踏着这条街去洗衣服。现在这条路不再是泥地，不过对于摩登女性还是不太友好，石子铺成的路高低不平，穿着高跟鞋举步维艰。至于拖着行李箱的游客，凌晨赶飞机走过主街，能把一楼的居民吵醒。

　　雷克雅未克的街上永远有穿着奇装异服的人，永远在发生着意想不到的事情。

从城市另一端看到的市中心

在东部小镇露营，早起去散步，不远处是云雾缭绕的峡湾

no.3　簡単生活

no.3 简单生活

小日子也有小快乐。

· 1 ·

6月厕所的灯泡坏了，正逢极昼，窗外总是明亮，透过磨砂玻璃，天光照入，半夜洗澡也不妨碍，于是整个夏天没换过灯泡，好奇能撑多久。直到 9 月，深夜回家，摸黑洗澡，又摸黑吹头发，决定不再偷懒。

裹上外套，去大教堂前的二十四小时便利店。不知道灯泡尺寸，把坏的揣兜里。打开门，冷空气扑面而来，头脑顿时清醒。久违的黑夜，抬头一轮明月，邻居家的窗户上早早挂上了圣诞灯。大教堂的尖顶也亮了，发出橘黄的光，在黑夜中像点燃的蜡烛。极光季又来了，夜晚出门，不自觉抬头找极光的习惯也回来了。走在街头，有一种夏天不曾有的安全感。极昼午夜，出门总有认识的人，超市偶遇、电影院邂逅、咖啡馆相逢，不得清静，恨不能隐身。现在可好，狭路撞上了也看不清。买好灯泡，黑暗中走回家，卧室留了灯，远远的，透出的光有些温馨。进屋爬上椅子，换新灯泡。开了灯，亮得晃眼。冬天终于来了，不见阳光的日子就在眼前。

·2·

有一天晚上到家，站在院子里，正拿钥匙开门，闻到了阵阵"原始气息"。天已黑，看不清，没当回事。第二天下班回家，臭味比昨天更甚，用手机照亮院子四周，低头一看，吓得跳起，院子里沿墙壁的黑石块地面堆了一排狗屎。当我用报纸捏起狗屎扔进垃圾桶的时候，暗暗发笑，一个从未养过狗的人，倒是破天荒走了"狗屎运"。狗屎捏起来竟是软的，和面团一样。

从那以后，每天下班到家，同样的地点，源源不断地出现新狗屎，虽未见狗，却对那狗的消化排泄了如指掌。出入院子时，但凡有人在周围遛狗，我的眼神总盯住狗主人不放，释放警告信号——我知道你做过什么坏事。奇怪的是，遇到的所有狗主人，无论男女老少，与我四目相交时都心虚地将

对喜欢穿毛衣的人来说，冰岛简直是天堂，一年四季都能穿好看的摩天轮毛衣

买牛奶回家的路上遇到了小家伙

环岛的冰岛羊

狗拉走。这令我怀疑，是否不只一条狗，而是一个狗团伙作案。

报纸用完，忍无可忍，在门上贴了手写告示："这里不是狗厕所"，又添个巨大的红色感叹号。接下去的日子再无狗大便，隔了些天，风吹雨打，纸条上的字迹模糊不清。撕了告示，没想到狗大便当晚再次出现。我才不要当搬运狗屎孜孜不倦的西西弗，便决心不再处理，任凭狗屎在那儿。反正冬天要来了，整个冰岛成了巨大的冰箱，没有细菌，没有虫子，天太冷东西不易腐坏，狗屎也再无气味。

这位常来我院子却懒得捡狗屎的狗主人，大概到冬天觉得天气糟糕，即使遛狗这件事也懒得做，除了旧屎，我再未见到新的。这最后的狗屎在夏天尾声，先是油光满面的新鲜，大风吹来，冰雹袭城，这屎干燥了，不再柔软，布满细纹，下雪天它便结冰，上面又盖了层雪。直到一夜，天气突然回暖，全城的雪融化，中午放晴，狗屎经过冷冻后暴晒炸裂分解，再也不见了。

表面抹孜然，撒盐，再来点糖，切小口，塞进一瓣蒜，夹紧在肉里。锅里倒油，洋葱切片，大火炒出香味，转中火煎羊排，翻面，直到外表焦黄，一刀切开，内里红嫩。火候是关键，煎生了，咬不动；煎过了，肉老，无味，又塞牙。刚刚好的完美羊排，脂肪部位入口即化，外层香脆，中间咬下去，汁水四射。光是想想，就勾得舌底生津。两块羊排，够饱肚，最后啃骨头，边边角角也不剩，吸吮手指，回味无穷。

当夏天来临，农场主将羊群放养，在每只羊的耳朵上做标记，方便圈羊时分辨。这些放出去的羊整个夏天无忧无虑，自由自在，没有天敌，徒步环岛。渴了，饮冰川水；饿了，啖野生蓝莓；累了，在草地上酣睡。冰岛羊肉的美味，可以让一个从来不吃羊肉的人自此沉迷羊肉，也可以让嗜吃羊肉的人重新认识羊肉。

羊儿们吃得好，心情好，自然肉也又肥又鲜。9月来临，天冷了，羊可能冻死、饿死，这时冰岛全国上下的农场主，同一天出动，骑着马，到各个地方赶羊，把羊圈在一起，根据耳朵标记，找回自家的羊。圈羊节之后，10月正是吃羊肉的最佳季节，冰岛各个超市和街角的肉店，都能买到新鲜羊肉。

为了吃一口这人间美味，每次煎羊排倒是颇费周章。住所除了厕所单独一间，卧室、厨房、客厅都连在一起，空间小，灶台没有抽油烟机，住在地下室，窗户低矮，无法完全打开，空气不流通。每次煎过羊排，大蒜和洋葱味在房间久久不散，留在被子上，枕头上，头发上，衣服上，还有淋浴间挂着的大毛巾上。尽管如此，每当咬下第一口煎羊排，都值了。

· 4 ·

屋里进"贼"那天，正巧在家，晚饭过后打扫灶台，泡茶看书。有个黑影从窗户跃入，吓得我心脏狂跳，手里的书甩飞。

黑影钻到床底，我蹲下身，往角落望去，有双汽车远光灯似的眼睛向我扫来。朝"小贼"叫唤，说了些中文，又试了试蹩脚的冰岛语，全无应答。心生一计，打开冰箱，倒了碗牛奶，放在床脚，也不再搭理那"贼"，自顾自又捧起书。

"小贼"悄无声息，从床底走出。伸出舌头，舔了舔牛奶，卸下防备，一顿猛喝，抬起头来，胡子也在滴牛奶。我便又放下书，伸手去摸，"小贼"拔腿便跑，躲回了床底，我又继续看书。

喝奶声再次出现，回头看，"小贼"伸个懒腰，熟练地跃到书桌上，在我手臂上蹭了蹭，百忙中敷衍地表达感谢，轻盈地跃上窗户，连声告别也没有，蹿了出去，消失在黑夜里。那晚上，我开心得差点睡不着。

"小贼"进屋的证据

·5·

　　自从搬来，家附近的游泳池总在关门整修。半年后的一个周末，夜晚看新闻，知道了泳池即将开放，很是兴奋。有人建了这个泳池开门倒计时的冰岛语网站，估计是超级粉丝，很可能还和我住在同一街区。

到了泳池开放那天，我特地化了妆，和约会一样，心脏扑腾扑腾。不像以前去泳池，找了泳衣找泳帽，找了泳帽找泳镜，出了门又发现忘带毛巾，前前后后，准备一小时，真正游泳也不过半小时。这次提前准备好游泳包，干脆利落，样样俱全，态度端正。

到了泳池，窗口工作人员是一个年轻冰岛女孩，马尾辫扎得高高的。我问能不能办年卡，她说今天第一天开放，所有人免费，卖不了卡。人来疯的我，打算明天上班前一早来办卡。回家路上，心满意足，头发冒热气。

· 6 ·

在冰岛会强烈感到社会和个人的联结，即使一个人没有看新闻的习惯，来冰岛后也会逐渐每天关心一下本地社区的新闻。这样一个平安无事的地方，小国寡民，大新闻不常有，有的都是具体到邻里的小事：主街拐角开了第一家猫咖啡馆；西区的游泳池内发现一坨屎，被迫关闭四小时清理；星期三极光活跃，云层覆盖少，是看极光的好时机，但别都挤到一个地方，影响观看体验；小学生写信邀请总理参加班会活动，总理如期赴约；有个手球运动员不小心被对手打到尴尬部位……
我每天下班回家会路过一个热狗摊，天气不好，阴雨愁苦，
卖热狗的小哥喜欢趴在窗口唱歌，唱得抑扬顿挫，自我陶醉，
很快"热狗哥"上了冰岛新闻头条。雷克雅未克下暴雪，屋
顶结冰，这些冰锥对行人很危险，新闻头条给市民科普，还
热心地给出解决方案，号召大家去舔掉。第二天的重大新闻
是酸奶有了新的口味。国家新闻都"不正经"，在小镇，邻
居骑自行车跌倒上个当地报纸头条也合理。

　　我发现在冰岛看新闻还是社交需要。大家都在看，少不
了见面后评论一番最近的身边事，有时漏掉一天的新闻，难
免会在交谈时带来挫败感。

· 7 ·

　　虽是冰岛金融街，但第一眼看上去还真像个笑话。作为
一处景点，雷克雅未克的城市观光大巴线路包括金融街，不
知世界各地的游客见了，是否会难以置信。

　　夏天来临前，大概日照改变的关系，我的生物钟受影响，
很早醒来，再无睡意，有时 7 点就坐在了办公室。实在太早了，
会去公司附近的面包房，这家面包房够实诚，店名叫"面包房"。

常有四五个开出租车的冰岛老伯，开工前在这儿喝杯咖啡，读读报纸。

我点了红茶和一份炸面包。服务生是个绿眼睛男孩，他叫浩克，问我是不是住在附近宾馆，来冰岛旅游有没有好玩儿的故事。我说我在隔壁公司上班，他真健谈，接我的话说道，他不喜欢办公室，认为那是煎熬，上份工作他天天坐在电脑桌前，辞职后一个人去了印度旅行，回来后找到现在的面包房工作，从早晨6点做到中午12点，下午和晚上的时间都是自己的，他很满意。结账时我发现银行卡没带，问浩克能不能等我同事上班了我借钱来补，他说明天付也行。

这便是冰岛金融街，一些矮矮胖胖的楼，一家名叫"面包房"的面包房。

·8·

冬天的第一场新雪，真叫人喜欢，这时也是最佳散步时间。雪像一块崭新的地毯，铺在人行道上。迈开步子，走快了，雪地发出咕噜咕噜的声音，像猫被抚摸表示满足。走慢了，像穿一件皮衣，太新太紧的那种，嘎吱嘎吱作响。

新雪友好，走路安全，在上面跑步都不打紧。走的人多了，踩实了，成了老雪，变灰，变滑了，想一步一个脚印走，偏偏不许，一不留神便溜开了。

夜晚雪里走走，心思变得透彻。走过了彩色尖顶屋的小山坡，走过了冒热气的广场，走过了凄凉的酒吧街。锁在路边的自行车，车座和铃铛上有个迷你雪堆。酒吧外来不及收走的户外桌椅，也积了层雪。饭店后门，忙里偷闲的厨师站在路灯下抽烟，一只橘猫在雪地中显眼地穿过大街。有人从健身房走出来，洗过澡，身上冒热气。

· 9 ·

我出生和长大都在一座没有暖气的城市，每到冬天，日子过得有些糟心。从外面回到家，棉衣棉裤依旧，笨重得跟宇航员登月似的。手上生冻疮，冷到牙打颤。实在怕冷，能坚持一个半月不洗澡。上学时，冬天早起比读书还辛苦，于是练就了在被窝里穿衣的技能，再加上寒假那么短，作业那么多，天经地义，冬天就是讨人厌。

"北漂"来到冰岛，终于见到了暖气，久仰大名，一见钟情。首先长得顺眼，米白色一排，沉默不语，紧贴墙角。其次，风雪夜归，到家头一件事——把暖气开足。暖气按钮旋到底

跟小木屋的暖气来一张合照

的瞬间，热水流通，管道发出太空信号一样的声响，千军万马的夏天奔腾抵达，不要太幸福。这时我还喜欢把手掌放在暖气片上，感受升温的过程，非要等烫手才松开。

以前有偏见，以为北极圈居民大概一辈子不知短袖为何物。直到进入冰岛暖气屋，外套不脱会冒汗，穿了毛衣简直要热晕。无论窗外是怎样的天气，鹅毛大雪也好，北风呼啸也罢，屋里人永远穿薄衫，有时太热，穿着短裤背心吃冰棍，居然还想开窗透点风。

当暖气成为生活的一部分，冬天的困境也都一一消解了。即便早起这样的世纪大难题，屋里如沐春风，也能一鼓作气。

洗澡也不在话下，宽衣解带，豪迈爽快。大毛巾挂在暖气片上，暖烘烘的，用来裹住湿漉漉的身体。出门上班也不再犹豫，暖气片烘过的棉袜，整装待发的一刻穿上，双脚像踩上云似的。

· 10 ·

样样都贵的冰岛，供暖倒不贵。第一堂冰岛语课，老师问大家知不知道冰岛有什么东西便宜，众人一致愤恨大喊：空气。老师幽默一笑说："还有电和热水。"作为火山遍布的孤绝岛屿，冰岛地不能耕，荒野无际，地热资源成为苦寒中的一丝甜蜜。

我的房租不包括电费和水费，需每月自行缴纳。在冰岛，电费和水费被称为能源费，捆绑在一起收费。居住一年，算了算生活开销，发现哪怕使劲开暖气，一天洗三次澡，没心没肺地开灯，每月的能源费比在冰岛餐厅吃一顿饭还便宜。

毕竟供暖靠的是热水，而冰岛热水无需加工，直接来自火山，所以冰岛的供暖便宜。根据统计，冰岛的暖气收费标准几乎是世界其他地区的一半。

我的一对一语言交换伙伴名叫丽莎，是个高个子冰岛姑娘，大概有一米八，我不喜欢和她一起走在雷克雅未克的主街上，因为我只能看她的鼻孔。她会说流利的中文，曾在北京的大学交换学习。我问她，当时在北京会不会想家，她说当然想，我问有什么最想念的，她说是暖气，因为北京暖气不像冰岛全年都通，所以会有受冻的时候。问另一个认识的冰岛人，我的办公室同事，她年轻时去英国工作过。她们两个不认识，却给了我一模一样的回答，想念暖气。因为英国暖气贵，这位同事有过受冻的经历。

记得在纪录片里也看过这样的故事。金融危机时期，冰岛国家破产，许多人去了邻国挪威找工作，然而过了几年，大家又回来了，引起冰岛当地媒体的好奇。采访时，有人说是对冰岛经济又有了信心，克朗贬值，旅游业大发展。也有一群人的答案整齐统一：为了暖气！挪威烧煤供暖，费用惊人，难怪家家户户宁可用古老的壁炉烧木柴，缺点是只有客厅热，要是在卧室睡觉，或在厕所洗澡，会冷得哭出声。

还有相关报道：冰岛高中生参加交换项目去了法国，外国父母抱怨常跟在他们身后关灯关暖气，认为这是坏习惯。然而他们可能并不知道，冰岛什么都没有，日子紧巴巴，唯独火山地热源源不断。整个冬天不关暖气，室内灯火通明，算是住在这难得的优势。

风雪中徐徐驶来的姜黄色公交车

· 11 ·

　　当地人有条不成文的规定：不在站牌底下等车。通常车来了才过去，站牌附近有简易的候车站台，为人们遮风挡雨。为什么不在站牌下等？因为一个车站有不同线路的公交车经过，司机一旦看到站牌下有人便会停靠，如果没人，就会直接开过去。

　　刚入冬开始下雪，站牌周围结了一层薄薄的冰，十分滑。担心车来了，我这急性子一定会摔倒，于是站在站牌底下，每一辆经过的公交车自然而然都为我停下。和司机大眼瞪小眼，我摆摆手，傻子一样尴尬地笑。

　　天气常常糟糕，出门前免不了心情悲壮，穿外套时不情不愿。走到了车站，见到与昨日同样的等车人，立刻好受些，既亲切又安心。每天同一时间，等待同一班公交车，车站总是同一批人，规律的生活带来安全感。有一个总是穿一身黑，背健身包去上班的高瘦男人，典型的冰岛健康上班族，估计下班后在健身房度过，很可能还是一个严格的素食主义者。还有一个爱穿薄荷绿色貂皮衣的女人，漂亮的及腰金发，一天换一个指甲油颜色。我们从来不说话，连点头也没有，但看到彼此出现，空气里可以感受到一点点的不一样，大概是脑电波的交流吧。

有一回车来了，摘手套伸进口袋掏车票，估计是在那时银行卡和游泳卡滑了出来，掉在站台。当天中午，收到银行短信，有人捡到交到了银行，通知我随时去取。周末到家附近的游泳池补卡，工作人员说上午有人来过，捡到了我的卡放在前台。捡卡的人没有留下姓名，也没有联系方式。我常常在想，这个好心人一定也住在我的街区，或许每天坐下一班公交车。

· 12 ·

风雪中，公交车徐徐出现，车灯照亮了昏黑的街道，如同电影中拯救世界的超级英雄。一脚跨进车里，暖气迎来。这是一个人均拥有1.5辆公交车的国度，虽然半小时才一班车，但上车总有座位，哪怕上班高峰也有座位，和那些国际大城市尽管每分钟来一班，却每班都挤满人的车，形成有趣的对比。乘客都是在本地生活的人，鲜见游客，因为游客们常常自驾或跟团。

上了车，常见的场景是一排一个乘客，旁边座位空着。刚上车的人看到每排都有人，明明空座有许多，也宁可站到下车，不和陌生人并肩坐。车里没有人讲话，即使翻报纸，或者咳嗽几声，也有负罪感。沿途窗外很难见到人，偶尔有一个人走在街上，全车人都在看。

因为在固定时间坐车，我常见到同一批乘客。前排一个啃手指的男人，皮肤惨白，脸上坑坑洼洼，他每次坐车都要处理手上的死皮，从后排看，背影像吃人狂魔。一个戴巨大耳机，坐最后排的女孩，很胖，她比我早上车，也比我早下车。

往车厢里走，往往还没坐定，司机早已猛踩油门，来不及拉扶手，我的屁股已经狠摔在椅子上。冰岛的公交车司机很少是冰岛人，大部分是波兰、越南或者泰国移民，他们开车很野，过环形交叉路口简直要飞出去。

雪最大的那些天，发生了件温馨的事情。车到站了，司机没停，继续往前开，我以为他忘记停，慌张地喊："停车啊！停车啊！"司机镇定地说："等等，站台雪太高了。"他开到积雪少些的地方才放我下去。冰岛公交车系统为了不让司机对这份工作腻烦，每天分配的线路和班次会随机改变，因此后来再没有遇到那么贴心的司机。车门打开，厚到膝盖的积雪等着我，一脚踩下去，雪进了鞋子，遭殃。

· 13 ·

前一晚吃了一粒感冒药，早晨醒来，呼吸有些困难，嘴唇和眼皮肿得像气球。吃东西每嚼一下，都脑袋发疼。想了想，应该是过敏了。照镜子连自己都看不下去，虽然公司同事保持分寸，不会指指点点，但在公共场合这样的形象终究不太礼貌。先给老板写邮件请病假，再给经理发了短信，告知他我要去医院。

第一次看病，查看了距离最近的一家普通诊所。出门裹得严严实实，脸用围巾包一圈，只露出眼睛，穿防滑的冰爪鞋套，雪地里匆匆赶路。雷克雅未克的主街冷冷清清，路灯昏暗，迎面走来一个眼熟的人，我怎么也想不起是在哪里认识的，心里只在庆幸，还好把脸裹住了。

到医院，接待处问我有没有预约，我才知道冰岛诊所看病要提前打电话，我说没有。工作人员问我能不能等，我说没问题。工作人员又提醒，游客在冰岛看病很贵，做好心理准备。我拿出居留证给她看，说我在冰岛上班，医疗保险属于冰岛。她点点头，问我得了什么病。我喘着气说吃药过敏，给她看围巾底下的脸。她看了以后，立刻送我去急诊室，找来了医生。

医生个子很高，看起来年纪不大，戴了黑框眼镜。他伸出手，做自我介绍。我有些愣住，第一次遇到看病的医生主动要握手，又自我介绍。这事稀罕。跟着医生走进房间，关上门，他查看了症状，给了我一粒药，又开了药方，说以后过敏用得上。

医生建议我明天别上班，在家休息。我问能不能要一张病假单，他说每月两天的病假在冰岛受到法律保护，不需要证明。我说我只是个外国员工，不希望惹上麻烦。医生建议要是公司因为这事开除我，我完全可以上报工会。

他很耐心，问我有什么想问的，尽管发问。其实我很恐慌，以前一直吃的药，不明白为什么突然成了过敏源，家里也没有这方面的遗传。我把情况告诉他，他分析道，过敏可能是因为到了新国家，遇到了新的水质、新的空气，人体会因此调整。

我感到释然，也对医生愿意花时间解答而心怀感激。他又伸出手，和我握手告别，陪我走到接待室。一个女人站起身，怀里抱着脸色苍白的孩子，是下一个病人。只见医生从墙角机器挤了消毒液，搓搓手后又伸出手，和女人握了握手，再摸摸小朋友的脸颊，陪同他们走到小房间。

快到中午，天刚刚亮，走在街上，我突然想起当我赶路去诊所时，擦肩而过的是个好莱坞大明星，新闻报道过这段时间他在冰岛拍戏。噢，难怪眼熟。

站在维迪小岛上，眺望雷克雅未克

海边的自行车道，一路通向灯塔

西峡湾的一家民宿，厨房窗外的景色

no.4

食物的慰藉

no.4 食物的慰藉

　　超市里的选择有限，闭上眼都知道有什么，每次买菜倒也利索，直奔主题。先去蔬菜区域，往篮子里扔五个番茄，两个土豆，两个洋葱，一根黄瓜，一袋胡萝卜，一个青椒，两根节瓜。接着选肉，有鸡肉、牛肉、羊肉、猪肉四大类。冰岛天冷，猪和鸡不放养，养在屋里吹暖气，于是猪肉不香，鸡肉不鲜，做出来的排骨味道没那么对，熬的鸡汤也勉强下面。羊肉最美味，其次是牛肉。对了，鸡蛋拿两盒，冰箱有鸡蛋就足够活命，做蛋饼、蛋炒饭，白煮鸡蛋也可以。

　　嘴馋了，周末不出门，来一场美食实验。做过小笼包，也包过饺子，可惜冰箱没有冷冻柜，小笼包和饺子不得不当天吃完，一次吃到腻。偶尔周末去亚洲超市买豆腐，回家做一盘麻婆豆腐，就着白米饭，好吃又下饭，哗啦啦连吃三碗。记得第一次去亚洲超市，见到的东西都往购物篮里扔。越南老板笑眯眯地问我，是不是开餐厅的，买那么多？

公司的午饭常常是鱼，搭配土豆作为主食，我吃不惯，跟没吃似的，肚子很快会饿，便自带饭盒。下班后做饭做得起劲，正好一个人也吃不完，每次剩下的放饭盒里，第二天中午吃。如果前一天晚上的饭菜特别好吃，晚上睡觉时会特别期待上班，第二天工作时也满心期待中午快点来临。每天去公司的背包里，除了电脑，全是吃的，好似小学时候的春游。

吃饭是一件大事，和睡觉并列第一位。自从三餐顿顿下厨，对食物的热爱有增无减。幸福是想吃什么立刻吃到，买不到就自己做，吃饱困了就睡觉。

电饭锅煮好饭，发出"哔"的一声信号，屋里飘散着大米的香味。西葫芦和胡萝卜切块，再和鸡蛋一起炒，油大些，蔬菜冒油光，特别下饭。星期六起床看见窗外阴天，吃过煎饺后，把冰箱里的鸡腿肉剔骨，切成碎丁，中午要做宫保鸡丁面，明天熬牛尾骨汤，用汤煮面。

从买菜、切菜、炒菜，到洗碗、开窗、油烟散尽（家里没有排风扇），前前后后三小时，但真正吃饭的时间也不过十分钟。炒洋葱、炒大蒜、炒辣椒，矛盾啊矛盾，想要美味，又怕麻烦，有时明知炒菜会留味道，越好吃越容易留。比如大蒜过了油，被子、衣服、裤子、头发上全是那味儿，屋里烟雾飘散，添了不少麻烦，但肚子饿的时候，欲望强烈，为了吃上一口，心甘情愿。常常自我安慰，在外生存，不可亏待身体，想吃就吃。每次饱了肚，又暗暗后悔，发誓下次要做清汤挂面，少些油腻，之后却再次做起大餐，如同滚石头的西西弗，如此往复，乐此不疲。

睡前回顾一天，总觉得除了去上班，一天好像都在吃饭中度过了。遇到太好吃的东西，全身上下都感到幸福，一直吃，饱了还吃，好像胃有个无底洞。大概这便是中年容易发福的原因吧，对于成年人，吃东西是最容易也是最快带来愉悦感的行为。

饭不可以太好吃，好吃胃口就大。为了不要沉迷，偶尔会做一些食而无味的饭菜。烫一烫西兰花，烫一烫胡萝卜，因为不好吃，伴着米饭，一吃就饱。这样去上班，对中午也就没有期待，日子过得平平淡淡，还常常忘记撒盐。有个同事不喜欢胡萝卜也不喜欢西兰花，对我的饭盒无法直视。

第一次做地三鲜，配着米饭吃格外香

说说食材。

水产是冰岛的支柱产业，在这个和平的国度，历史上唯一的战争也和鱼有关（与英国的不流血鳕鱼战争）。冰岛的鳕鱼资源丰富，日常生活中鳕鱼是非常普遍的食物，街角超市都能买到新鲜鳕鱼，因此即便冷冻鳕鱼便宜，大家也不大买。我有两次惊为天人的吃鳕鱼的经历。一次是坐船从雷克雅未克老码头出发，到附近海钓，钓来的鳕鱼现场烧烤，简单撒盐，新鲜的鱼肉弹性十足。另一次是去新开的餐厅尝鲜，服务生推荐了"海之冒险"套餐，开胃菜是鳕鱼舌头，以英式炸鱼方式制作，肉感紧实，异常可口。

和鳕鱼相比，龙虾是偶尔的奢侈。冰岛东南部有个以龙虾和美景出名的小镇，名叫霍芬，当地居民每天打开窗就能见到远处磅礴的冰川。所有路过的游客还会去当地一家龙虾餐馆，那里连比萨都是龙虾口味的。不过吃龙虾不需要专程开六小时车去霍芬，雷克雅未克超市的冷冻柜里就有价格适中的冰岛龙虾。食材越优质，做法越简单：水煮，捞起，撒盐，味道足够好。

独居冰岛的一年

羊肉是冰岛人最常吃的肉类，在这个大部分食材靠进口的地方，羊肉是罕见的冰岛制造。搬来冰岛前，我从不吃羊肉，不知怎的，接受羊肉这件事自然而然地便发生了。食物里常常隐藏了历史。苦寒之地，生存艰难，尤其漫长黑暗的冬天，冰岛人对羊身上的角角落落都不放过，羊头、羊脸、羊睾丸，在超市都能买到，如今仍有吃的习惯。冰岛传统的周日大餐是羊腿肉，三小时慢烤，搭配蓝莓酱。至于传统的冰岛汤，则是羊肉蔬菜汤。夏季参加冰岛的火山旅行团，结束后在荒郊野外的营地里，能喝到一碗正宗的羊肉汤，世界各地的游客纷纷被这碗羊肉汤征服，网上旅行团页面的评论对羊肉汤赞不绝口，倒难得有人提起震撼的地心世界。对了，加油站的热狗也是羊肉做的。

和羊肉不同，除了本地牛肉，也可以买到外国的进口牛肉。冰岛有个奇特现象，进口食物贵，但本地食物由于人工费用高和产量少，比进口的更贵。买过超市里的进口牛肉，对比后发现还是冰岛本地的好吃。据说这是冰岛没有麦当劳的一个原因，当地快餐店的牛排汉堡实在好吃。老码头那里有一家汉堡店，点他家招牌的牛排汉堡，能连吃两个，每口汁水十足。牛排不是全熟，咬下一口见得到血丝，肉味带着奶香。

既想吃冰岛牛肉，又不想花大价钱，倒也有个窍门。从雷克雅未克市中心往老码头走，再走远点，格兰迪那块地区有一家超市，黄色的招牌，名字叫克罗那，不定期能买到牛尾骨。那真是物美价廉，满满一盒，十多块牛尾骨，算下来不过人民币六十多元，够吃三顿，每块牛尾骨附有十足的肉。慢火炖汤，撒咖喱粉，下了面条便是咖喱牛肉面。要是不喜欢咖喱，番茄去皮切块，和洋葱一起炒熟，倒入汤内，加上土豆和胡萝卜，炖个半小时，酸酸甜甜的番茄牛尾骨汤出炉，牛尾骨啃得香，牛筋肉有嚼头。

一年一度热热闹闹的传统圈羊节

简单食物

睡前牛奶

睡前一杯牛奶，加蜂蜜。住处没有微波炉，于是把牛奶倒入马克杯，隔水加热。温牛奶下肚，全身暖洋洋，第二天早晨排泄也通畅。有时厌倦了，想换个口味，牛奶加巧克力粉，不搅拌均匀，巧克力粉成了颗粒，浮在牛奶上，第一口最好喝。

红豆双皮奶

牛奶必须是全脂的，倒在碗里。打一个蛋，只要蛋白，撒糖，加入牛奶中。碗搁在水中，中火加热，直至奶成了果冻似的固体，放进冰箱冷却。第二天取出，倒一勺煮烂的红豆在奶皮上，满口香味。对了，双皮奶的秘诀是不要吝啬蛋白。

办公室的微波炉红薯

有一阵早餐迷恋吃红薯，公司正好有微波炉。早晨第一个上班，红薯洗干净，裹一层厨房纸巾，微波炉开到最大火力，热二十分钟，整个办公室都是红薯的香味。冬天外面漆黑，坐在电脑桌前，流糖的红薯金黄色，冒着热气，一切为二，用勺子挖着吃。再来一罐Skyr冰岛酸奶，整个上午都不会饿。

老家的葱油拌面

对于食物的欲望，有时来得突然。也就是一个瞬间想吃面，那种很多油，泛着光的面，拌一拌，眼镜起雾，满鼻葱香，戳破荷包蛋，流出金黄色的液体，蛋的底部又脆又焦。吃完了，嘴唇油腻腻的。这便是老家的味道，多亏一路带来的干葱，才得以实现。

白菜猪肉玉米馅的饺子

想吃饺子，尝过不同馅料，还是最喜欢白菜猪肉玉米的经典口味，恰好这些食材在冰岛超市容易买到。撸起袖子，面粉加水，徒手做面团，手肘压面出力更大。面团擀平，越薄越好。找个口子锋利、大小适中的杯子，按下去，饺子皮便有了。早晨做煎饺，带去公司，打开饭盒发现软了，幸好有一瓶从老家带来的康乐醋，浇上去，补救味道。

冰岛暖棚蘑菇

超市有进口蘑菇，但味道比不上冰岛自产的暖棚蘑菇。模样不起眼，白色的，小小的一朵。平底锅里加点油，洋葱爆香，放入切片的蘑菇，一小会儿工夫，汁水十足。光这一道洋葱炒蘑菇,拌白米饭就够一顿晚饭的了。要是搭配培根和嫩鸡蛋,再切点番茄和黄瓜作为沙拉,便是顿美味的周日早午餐。超市里的蘑菇通常是盒装的,已经称好分量,尽量挑选发白的,越白越新鲜。

洋葱牛肉炒面

炒蘑菇少不了洋葱,炒面更缺不了洋葱。起初没经验,每次切洋葱,呛得流泪,自从发现戴隐形眼镜不管怎么切洋葱都不流泪,吃得更欢畅了。最好吃的当然是洋葱牛肉炒面,肉一定要是牛肉,洋葱和牛肉相遇,有股奇妙的甜味。大火爆炒洋葱片,加入豆腐块大小的牛肉,炒至肉变色,倒生抽,翻炒后盛出。另一锅煮水,水沸腾后放入面条,用粗面口感更好,不要煮太久,面条软了,一分钟后就可以捞出,冷水里过一过,浇层油拌匀。平底锅里再来一层油,大火,倒入面条,不断翻炒,加入洋葱炒牛肉,改中火,将洋葱和牛肉的香味融入面条中,倒半勺老抽,面条有了冒着油光的诱人棕黄色。这时出锅,呼啦啦开吃,口口香。

三文鱼拌饭

去过一家专卖鱼的店铺,走路来回三小时,据说是渔夫自己开的店,难怪新鲜好吃,尤其是三文鱼。有一阵人来疯,天天下班走路去买鱼，风再大也去，为此脚底长泡，还付出了眼角长细纹的代价。到家煮饭，准备小碟，挤大约两厘米的芥末，倒入酱油，搅拌均匀。盛一碗新鲜冒热气的白米饭，冰冷的三文鱼切碎丁铺在上面，再倒入小碟里的酱汁。用勺子挖一勺，三文鱼连同白米饭送进嘴里，先是芥末的刺鼻，而后是米饭的软糯，接着是三文鱼带甜的鲜味。记得再来一杯温开水，撒绿茶粉。

培根和黄油

黄油炒蛋煎培根，光是想想就要流口水的食物。打三个鸡蛋，加入一小碗牛奶，再加入一小碗融化的黄油，用筷子打匀。平底锅加热，抹一层黄油，撒进切碎的培根，倒入鸡蛋，煎成蛋饼，摇晃锅子蛋饼能移动，这时翻身，煎至两面焦黄。连吃两星期，早上吃晚上吃，三大块的黄油很快用完，担心体重，这才戒口。培根和黄油，大概是魔鬼的诱惑。

鸡翅

想省钱的时候，就去超市买鸡翅，算下来十多块人民币一盒，够做三顿，大概是冰岛能买到的最便宜的肉。做起来很快，还能变花样变口味，红烧、可乐、香辣、柠檬、咖喱，要是有卤粉，还能把翅尖给卤一卤，是很好的下酒菜。对了，咖喱鸡饭做好放冰箱，第二天更入味。

睡衣、可口可乐和肯德基

肯德基在亚洲超市附近。在超市买了东西，忍不住要去肯德基，买盒辣翅外卖，走在路上香到忍不住，掰小块往嘴里送。冰岛餐馆吃饭贵，别的吃不太起，但肯德基还行。这里又没麦当劳，自然而然，"白胡子老爷爷"成了我最常去的馆子。天气差，生活在冰岛会有很多时间在家度过，周末夜晚，打开电脑看电影，穿着宽松睡衣，一盒辣翅，一听可口可乐，十指发油，打个巨大的饱嗝，赛过神仙。

一个人的火锅

渐渐进入极夜，有个星期六起床，窗外还是一片漆黑，手机显示已经上午10点，套上毛衣、厚外套、棉裤，加一层防水裤，一双加绒雨靴。出门时10点半，天空深蓝色，让人想起许多次赶飞机的凌晨。坐公交去灯塔，闻闻海水的气味，看看今天大海的颜色，在大风里等待粉色的日出，艾斯雅山也被染成了粉色。走去车站，冻到脚趾没了知觉，没吃早饭，又冷又饿。拿出手机，发现自动关机了，忧心忡忡，和司机解释，他对我笑了笑说，没事，上车吧。车里暖烘烘的，靠着车窗，想起从国内带来的一袋菌菇火锅汤底，突然有了吃火锅的念头。想要在住处一个人舒舒服服地吃火锅，想要看着锅子冒热气，想要用一双长长的筷子捞羊肉，想要衣服沾上火锅味，最好三天散不去的那种，提醒大家我是个吃了火锅的人。

　　提前两站下车，去一趟肉店，买了块羊肉，问屠夫能不能帮忙切成薄片，大胡子男人一向腼腆，但心肠好，没说话答应就开始磨刀，他尽量切了，勉强能做火锅。顺路去趟超市，买了蟹肉棒和一瓶混合味道的果汁。到家开门，暖气给了我一个"熊抱"，眼镜起了雾，甩掉笨重的登山鞋和外套外裤，换睡衣、棉拖鞋。大锅煮水，撕开菌菇火锅汤底的包装，原本打算用三分之一，剩下的留着下次再吃，手一抖，全倒进了沸水里。下土豆块、胡萝卜块、泡发的香菇、黑木耳、玉米，汤水再次沸腾，放羊肉。再用芝麻油、辣椒粉做简易的火锅油碟，慢悠悠吃了一下午，不记得吃没吃到土豆，因为切太小，又早放，估计消解在汤里了。

出海钓鱼，当场吃到了自己捕获的"战利品"，新鲜鳕鱼在简单烧烤后，实在是人间美味

虽然冰岛并不热，但有趣的是，冰淇淋在冰岛生活中必不可少。晴天时冰淇淋店还需要排队，一年四季都是如此。甘草糖是冰岛人喜欢的一种糖，有股八角的味道，然而甘草冰淇淋居然特别好吃，来冰岛要尝一尝。灰色的就是甘草味的

夏季的冰岛，野生蓝莓漫山遍野，可以一边摘一边吃。冰岛的蓝莓个头小，皮薄，格外甜。大家会把吃不下的放在冰箱里，慢慢吃，也会做成健康的蓝莓果酱

一号环岛公路，为了避开游客，在极昼的夏天，决定夜晚出发

no.5　極昼

no.5 极 昼

　　我去参加浮潜，导游是英国人，在冰岛生活了六年。同车一名游客问他，冰岛夏天不会天黑吗？导游说是的，游客惊叹连连。知道我也是住在冰岛的外国人，导游转头问我觉得冰岛夏天怎么样。前一天工作到很晚才回家，我直犯困，随口回答，没什么特别的，日子照样过。说完以后，整车安静，好像我扫了大家的兴致。

　　看着窗外绿意盎然的群山，我有些愧疚。二十四小时的白天，怎么可能普通？这是我经历的第一个完整的冰岛夏天，见证了从漫长黑夜到日照以每天五分钟的速度延长，进入太阳不落下的极昼。不曾脱下羽绒服，从未关过暖气，办公室窗外的山褪去积雪，成为青黄不接的秃山，继而鲁冰花开，漫山遍野的蓝紫色。

　　极昼究竟带给了我哪些触动，提起笔，发现了些有趣的可记录之处。

· 1 ·

　　在冰岛，有一个和季节相关的法定假期，名字有点浪漫——"夏天的第一天"（Sumardagurinn Fyrsti），时间是每年 4 月 18 日后的第一个星期四，不过鬼才信夏天来了，那天冰岛仍然下雪，大部分地区出门艰难。曾经的冰岛只有冬天和夏天两个季节，根据古老的北欧习俗，人们不说年龄，而是说"我度过的第几个冬天"。如今对于马，冰岛依然沿袭旧传统，提及年龄，常常会说"我的马过了六个冬天了"。

　　夏天的第一天以后，等些时日，冬天才有了接近尾声的迹象——空气变柔和，薄荷味又回来了，推开窗不再是"咬"人的寒气，院子里的雪消失不见，冒出一簇青草，树叶长出来，风里飘摇，候鸟飞回，叽叽喳喳。

　　牢牢冻结的托宁湖一夜之间化了，不能再在湖面散步和骑自行车，唯独天鹅伸长脖子，宣誓主权一样巡游。出城郊游，公路两旁多了些色彩，满眼的鲁冰花，山坡上层层叠叠的绿，积雪压过的地方展露生命。

6 月初夏，到处开满了蓝紫色的鲁冰花

· 2 ·

冰岛的夏天可以用虚情假意来形容。7、8月，每次说是夏天，总缺乏底气。花露水，雷阵雨，人字拖鞋，路边大排档，立刻馊掉的米饭，推开门外面闷热的空气，这些夏天的元素在冰岛都不存在。冰岛的夏天好像一个大西瓜，切开却看到半熟的白色瓜肉。

等车的早晨穿着厚重的棉袄，下班的路上呼气冒着白雾，北部还在下雪。原以为电扇这项发明对北极居民来说会很陌生，没想到在市政厅见到了，问工作人员为何，答案是暖气开得太热。也不是没人穿裙子和沙滩裤，偶尔在主街见到勇敢的游客，露出白花花的腿，寒风中尤其显眼。

院子里的垃圾桶，三个礼拜才有人收一次，虽说是夏天，扔了大鱼大肉却不易发臭。冷风一吹，二十四小时的天亮，总让人感觉要去做些什么，头脑清醒，日子没法混沌地过。

· 3 ·

根据统计，夏季时冰岛比迈阿密的日照更久，同月多出14.9个小时。凌晨2点，窗外阳光如同正午，身体迷惑。兴

在钻石沙滩捡起的冰山碎片，阳光照射下闪着钻石一样的光芒

站在维克小镇的山顶

奋失眠，躺在床上想睡又睡不着，出门散步，不戴墨镜看什么都晃眼。

西班牙人午睡时家家户户拉窗帘，发出好似小卖部集体关门闭店的声响。但冰岛没有西班牙那种密不透光的铁帘，考究点儿的当地人不过是用材质厚些的深色窗帘。自从我搬来这里，养成了睡觉戴眼罩的习惯，偶尔还戴耳塞。住在市中心，半夜街上全是人，如同冬眠已久的动物，从各自的洞穴走出来，凌晨3点屋外还传来聊天声。

最美的是7月的午夜，开始有了天黑，太阳在地平线徘徊，因此日落漫长。倘若天气好，没有云，晚霞夕照，金光万道，遍地金黄，照亮一排排彩色小屋的尖顶。有云也好看，橘色的天，云朵被晕染成水蜜桃色。哈珀音乐厅对面，穿背带裤的小女孩躺在草坡上打滚儿，笑声在空气中回荡，不远处的北大西洋，海面被染成粉色，午夜阳光点燃了港口。

· 4 ·

"夏天时我们变得乐观，变得开朗，我们是世界上最开心的人，因为夏天来了。"雷克雅未克前任市长在自传里写道。

市长说得没错。夏日街头，我曾遇到一个冰岛人。他在从一个酒吧去另一个酒吧的路上，见我手拿相机，对镜头欢快地喊："夏天来啦！告别黑夜，扔掉手表，拒绝一日三餐，想睡就睡，想出门就出门，想吃饭就吃饭，时间不重要了。"从一个醉酒的家伙口中听到这话，还挺有诗意。

无边无际的白天，阴天时一整天没有变化，不知今夕何夕，丧失了对时间的掌控感。这既是丧失，也是自由。

· 5 ·

冬天多暴风雪，在家待着处于停滞状态，人也长草。随着夏天到来，人们迫不及待地出门，在外面做许多事情，去海钓，去观鲸，去徒步，连睡觉也在野外露营地。施工队这时趁着天亮抓紧工作，粉刷墙壁，修缮屋顶。冰岛的年轻学生放假，有很多短期的工作机会，大部分人会做兼职，赚下学期的生活费，或存钱去国外旅行。夏天的冰岛，每个人都很忙。

极昼的特别，在于下班后感觉一天还没完，有了时间的宽裕感。睡不着，从城市开车出发，十分钟到达荒无人烟的地方，山海包围。回去路上，见一个男人静坐在三文鱼湖边垂钓。又开一段路，一个女孩装备齐全地沿公路骑车。回到家，洗个澡，睡一觉，煮浓茶，去公司上班。

要是不想睡，清晨散个步也好，空气是新的，海鸟徘徊。猫大摇大摆地走街串巷，见了人主动蹭上前，摆出"交朋友"的姿态。你不理睬，便跟一路，当你停下，猫也停下，翻身露出肚子，等待抚摸。参加派对到天亮的男人，浑身酒味，不能走直线。面包店大门半开，已有师傅在揉面团，烤箱正预热。

半夜睡不着，在雷克雅未克市中心散步，遇到一只街头"巡逻"的猫

· 6 ·

　　原来世上真的存在没有蚊子的地方。冰岛唯一有的是蚊子标本，于是我度过了人生第一个没有蚊子咬、也没有蚊子在耳边嗡嗡叫吵得睡不着的夏天。究竟冰岛为何没有蚊子？并非冷才没蚊子，北欧其他国家就有，更北的格陵兰岛都有，甚至多到成灾，嗜血如命。究其原因，虽然蚊子在冰岛能存活，比如搭了个顺风飞机，但由于冰岛神经质的气候，忽冷忽热，造成蚊子无法繁殖。（天气多变很大程度是因为冰岛的风，平日里对风怨言不断，此时看来世事无绝对的好与坏啊。）

　　但也别高兴太早，没有蚊子，还有小飞虫。办公室的垃圾忘扔，暖气不关，于是飞虫肆虐，击掌打虫声此起彼伏。有时正盯着电脑屏幕写报告，猝不及防，一个黑点袭来。

　　沿一号公路开车，飞虫也多，停车时发现挡风玻璃和保险杠上全是虫子尸体。对了，蜜蜂撞车后，尸体是彩色的。

　　无风的日子，饭后散步，虫子朝鼻孔飞来，张口说话时不知不觉吞了几只也是常事，眨巴眼睛时，还无意中夹死过一只。（这时又得赞美冰岛的风，起风时虫子没那么多。）

　　在北部，我见识过臭名昭著的米湖飞虫，密密麻麻，黑色龙卷风似的，看了起鸡皮疙瘩。车窗打开，漏进三五只，近看像蚊子，体型却大得多。它们不咬人，不嗡嗡叫，就是让人看了心烦。

· 7 ·

冬天过去，气温没有剧烈变化，衣柜免去了换季整顿。偶尔天气好，不用穿外套，就会感到奇妙。日记中写道："听说这周末温度高，有16℃，整个冰岛放晴，天气都到这份儿上了，如果在家待着，会有愧疚感。""昨天暖气没开，窗也忘关，半夜冷醒了。"

夏天最热的一天，有25℃，成为冰岛的头条新闻。办公室的同事一个个短袖短裤，热烈迎接酷暑，午饭过后，在门口台阶席地而坐，吃冰淇淋，晒日光浴。

即使25℃，风吹来，体感还是凉的，昼夜温差大，晚上羽绒服仍不可少。对了，冰岛最热能热到什么程度？新闻上报道，1940年是冰岛有记录以来最热的一年，最高气温达到36℃。

· 8 ·

夏天是冰岛的旅游旺季，到处是游客。走在主街能轻易辨认出游客，他们常常有一双好奇的眼睛，对着消防栓都要拍照，我每次开门进屋，背后总感到炙热好奇的目光。游客也为冰岛有些寂寞的本地新闻提供了源源不断的素材：每星期至少一起和游客有关的意外车祸事故；愤怒的农场主在院子里抓到外国人随地大便，拍下了照片登报控诉；背包客居然在小镇教堂旁边的墓地搭建帐篷过夜……各种各样的事情。

我上下班坐的公交车，夏天时吵吵闹闹，全是拖着行李的游客。车窗外扎了脏辫的嬉皮士，不穿鞋子，袜子也不穿，光脚走在草地上。一号公路拥堵，放眼望去，挂世界各地车牌的房车缓缓前行，沿路还有搭车、骑车和走路的人。到达景区，开车三圈都找不到车位，瀑布前是密密麻麻的人影。在内陆无人区的兰德曼纳劳卡高地，露营区搭了近百个帐篷，温泉里满是人。平时居住在南欧的冰岛人也在夏天回来，经营农场民宿。对于我，夏天离开冰岛是不可能的事情，这是一年中机票最贵的时候。

我曾问一个冰岛人，游客那么多，会因此烦躁吗？他说他计划下个月开吉普车夜游冰岛，穿越中部高地。"反正天

半夜 12 点，午夜阳光将山顶染成了橘红色

间歇泉喷发的一瞬间

都亮着，大自然又是开放的，游客很多也不影响，在冰岛你总有选择的自由。"

听他的建议，我在凌晨去看了"黄金圈"，原本里三层外三层游客包围的间歇泉，这时果然冷冷清清，我得以独享地热沸腾的奇观。那次我才静下心来，第一回见到间歇泉酝酿喷发前形成圆珠的一瞬——从未见过世上有如此好看的蓝色。

这便是极昼的冰岛，无拘无束，任何时候，只要醒着就能出发。

9

极昼的日子里，天总是亮着，太阳不落下，看着窗外，总想做点事情。过了兴奋期，又感到疲惫，为了打起精神，当地人会喝大量咖啡。失眠时，会在夏天期待冬天，想赶紧过漆黑沉寂的生活，下班到家吃了饭不再出门，夜晚捂紧被子听暴风雪呼啸过境。

短暂的夏天在 8 月达到高潮。第一个周末后的星期一是"商人节"，一个小长假，冰岛人开车去露营，办烧烤派对。西人岛隆重地举办一年一度的音乐节（这个庆祝活动历史悠久，从 1874 年开始举办），有篝火，有烟花，同时也是一年中唯一堵车的时候。第二周有在雷克雅未克的"骄傲游行"，冰岛三分之一的人口会参加。第三周的周末是文化节，雷克雅未克更是水泄不通。

文化节的焰火，在半夜噼里啪啦绽放，黑暗中人群散场，夏天也一起散场了。往后的日子，游客变少，天气变坏，主街冷冷清清，一号公路上的车也稀稀落落。上班路上擦肩而过的不再是拿相机的好奇游客，暑假结束，脸蛋肉嘟嘟的小学生背着书包，推着车，没人接送，朝学校走去。

夜晚见到久违的星空，路灯不再是街头摆设。迎来的第一道极光总令人激动，大家争相成为第一个见到极光的人。

极昼时的半夜 12 点

斯科加瀑布也被叫作彩虹瀑布

no.6

极夜

冬天，冰岛的天空常常粉蓝和粉红交接，大地白茫茫一片，干干净净

no.6 极夜

冬天是有声音的。起初是告别夏天时跑进屋里的蜘蛛，每天出现一只，不小心踩到，咔嚓的清脆声响。后来是暖气开到底，管道里咕嘟咕嘟流动的热水。接着是走在雪地里，嘎吱嘎吱的脚步声。然后是暴风雪，呜呜咽咽的风。

生活在高纬度的岛屿，写一写漫无边际的黑夜中观察到的生活日常。

· 1 ·

曾问过在这里的外国人，为什么我没有感到极夜的抑郁情绪？得到的答案是，他们刚来时也和我一样，对上班路上看星空感到神奇，中午看日出也兴奋，等过了三四年，才对冰岛的冬天越来越不能接受。一个法国同事来冰岛有些年头了，冬天时办公桌上总有个发蓝光的仪器，上班时这光对着脸照，

傍晚散步，总有深夜的错觉

她说能补充维生素 D，代替太阳。还有个外国同事，1 月的时候休了六天假，飞去古巴，专程为了晒太阳。

不知道若干年后的自己会不会和他们一样，但至少现在我对极夜的态度还挺积极。起床时窗外一片漆黑，打开手机里的冰岛语教程作为背景音乐，洗脸，刷牙，马尾一把抓。苹果刨皮切片，放在保鲜袋里，从冰箱取出昨天准备的午餐盒，把周末煮的一锅红豆汤倒进汤水保温罐里，套上袋子防止洒出。检查零食包，补充水果味的谷物饼干。热水壶烧水，水开了灌进保温杯，放十颗枸杞、两个红枣，为了出味，把红枣切成细条。上班背的双肩包里面，除了电脑全是食物。天天如此，冬天过后，人也圆润了。

黑暗中出门，羽绒服围巾帽子手套齐全，顶着暴风等公交。空气成了超强薄荷，呼吸都有些刺痛。姜黄色的公交车缓缓来到站台，用冰岛语腼腆地和司机低声说句早安，给他看手机里的电子月票。

· 2 ·

对居住在冰岛的上班族来说，极昼极夜对作息的影响没有想象中那么大。一年三百六十五天，通常上午 8 点到 10 点上班，下午4点到6点下班，不因季节和日照改变。所谓的"日出而作，日落而息"，在冰岛不存在，不然夏天二十四小时忙不停，冬天在被窝睡个不醒，都要乱套。

我上班的地点位于金融街。早晨从车站走去办公室的路上，有时抬头，那些写字楼透出苍白的光；往窗里看，灯下有人坐在桌前，电脑屏幕发亮。不由得感到慰藉，大家都在极夜中沉稳地活着，自己不是孤独一人。哪怕天一直黑，生活也在继续。

中午11点，太阳慵懒地冒出头，到了三四点又躲回去，日出日落间隔短暂，如果阴云密布，那么一整天没感觉天亮过。办公楼的灯全天都亮着，窗外路灯也从未暗过，常常要看电脑显示屏下方的时间，不然看天色无法知道大概几点，起初有过不知不觉加班的情况。到了下班时间，出城方向形成一串红色车灯，细细长长的，即便交通高峰时，也是寂静的。

· 3 ·

冰岛的冬天真的冷得无法生存吗？事实上，冰岛全年平均气温7℃，属于温带海洋性气候，不是想象中西伯利亚那样的严寒。一年四季虽然凉快，但受墨西哥湾暖流影响，冬天

相对暖和。查了资料，各地 1 月的平均温度是，奥斯陆 -3℃，赫尔辛基 -5℃，莫斯科 -8℃，倒是雷克雅未克有 2℃。

虽然冰岛冬天没那么冷，但天气多变，常有暴风雪，带来糟糕体验。有一种说法，因为天气恶劣，冬天无法干活，主人养着奴隶不如解放他们，冰岛就这样轻易地消灭了奴隶制。

· 4 ·

极夜的日子过得像是一块石头扔进湖水，很快沉下去，悄无声息。海边见不到呆傻的海鹦，也见不到袭击人的北极燕鸥，蜜蜂成群死去，连飞虫都没有，万物寂静。下班以后，会在家待很久，仿佛进入洞穴冬眠的动物。极夜时通常在室内度过，适合内向的人，有安全感。即便足够外向，社交需求也会不由自主地变少，宁可孤独沉默地活着。一天稀少的日照时光，带来每一个小时外出的认真和计划，见面的朋友一定要足够亲密。

散步的方式也孤独，穿着短袖，开车去加油站买冰淇淋，然后坐车里，边吃边欣赏暴风雪。实在想念人群，会到游泳池去。踏入温泉，不由自主地舒口气——得救了。风呼啸，雪凌乱，脖子以下泡在热水中，这才是冬日温泉的真谛。雪花千军万马地落下，却在二三十厘米的上空，遇到水蒸气立刻消失不见，泡温泉的人好似有了层金钟罩，离雪虽近，却无法碰触。

因为常常封路，我很少出远门。去过一次斯奈山，短短四个小时，与日照斤斤计较，瀑布结冰，天地白雪覆盖，行驶在公路上见不到其他车，真是到了世界尽头。

邻国的那些北欧人，爱好滑雪类的户外运动，但冰岛人似乎更爱待在家里，捧书阅读，学一门乐器。屋子里有暖气，冰箱里有吃的，沙发上有一把新买的吉他，床头有想读的书，还出去做什么？因此在冰岛没有爱好会空虚，尤其在冬天。实在没有喜欢的事情，睡觉也算是个爱好，可以进入冬眠模式，这里够安静，毕竟千金难买好睡眠。

· 5 ·

　　每年的 12 月 21 日，是冰岛一年中日照最短的一天，办公室窗外的雪山像罩了层忧郁的深海滤镜。太阳从升起到落下也像敷衍似的，粘住地平线，挣扎一下，晃了晃脸，很快消失。

　　如果天空晴朗，中午见到的日出是番茄炒蛋色的，持续两个小时左右，光线温柔不刺眼，大西洋是蓝湖温泉一样的奶蓝色。

　　虽然最黑暗，12 月却是许多冰岛人最喜欢的月份——有圣诞节和新年假期，又有奖金。接下去的每一天，日照一点点变长，冬天一点点离去，直到 6 月进入极昼，没有星空，没有极光，太阳再也不落下。

· 6 ·

　　有一天闹钟还没响，早早被风吵醒，窗外暴雪过境。出门上班，走路异常辛苦。袜子沉甸甸的，双脚冰凉，庆幸戴了隐形眼镜，不至于看不清路。第一个到办公室，黑暗中摸

冬天，连公路都被冻住了

索钥匙开门，冰雪融化，头发淌水，用温水洗把脸，才好受些。冬天暴风雪频繁，起初会因为坏天气不想上班，但实在频繁，每隔两天一次风暴，便习惯了，见怪不怪，到公司全身湿透是常事。

　　周末去主街的粉红猪超市买菜，门口有一群游客在广告牌后面躲风，蜷缩在一起，如同纪录片上看到的南极企鹅。他们或许领悟到了，这里和度假的热带岛屿有些不太一样。

　　冬天活得实在，要是打扮了出门，很快会被打回原形，干脆马尾一把抓，露出额头。穿衣爽快，毛衣、羽绒服、防水裤、登山鞋，实用就好。我唯一的防水裤，还是刚到冰岛时买的，打算周末跟公司同事滑雪时穿。起初没剪吊牌，留着收据，想着回来了还能退掉。总觉得防水裤不太实用，又不是天天野外求生，况且住在雷克雅未克，虽然规模不大，好歹还算城市。怎么都没想到，这条防水裤后来天天穿，下雨没它不行，暴风雪时更是不穿不行。

· 7 ·

　　不怎么见到阳光的日子里，总要想办法找些快乐，于是有了些极夜里的温馨小习惯。我喜欢下班到家，黑暗中掏钥匙开门，甩掉鞋上的雪，暖气扑面而来，脱下厚外套，金蝉脱壳一样，洗个热水澡，换上短袖短裤。唯一的缺点是在暖气屋里犯困，猛打哈欠，一出门立马精神抖擞。

我也喜欢冬天傍晚顶着暴风雪，从超市抱一袋水果回家。冰岛一年四季买得到西瓜，从西班牙漂洋过海的小西瓜，可以一手托在掌心（约人民币三十元一个）。还有产自摩洛哥的草莓，透明塑料盒里有十颗巨大的草莓（人民币四十多元一盒），算是偶尔的奢侈。换上睡衣睡裤，西瓜一切为二，用勺子挖着吃，草莓切成小块，倒上奶油，再撒一层糖霜，盘腿窝在沙发里，一边看书，一边吃东西，偷得浮生半日闲。

冰岛人对灯痴迷，从 9 月开始，家家户户会提前挂上圣诞灯。这里地热资源丰富，发电便利，人口又少，电不能存，用不完，因此电费便宜。挂在窗户和院子的彩灯二十四小时亮着，商铺和咖啡馆哪怕夜里休息也开着灯，凄凉冷清的冬夜，黑暗中到处能见到微光。

另一个提升极夜幸福感的物件是蜡烛。冰岛人对蜡烛有一种刻进骨子里的热爱。送礼时不知道给冰岛朋友买什么，那么蜡烛或放蜡烛的装饰品，绝对是万能的选择。遇到一个开民宿的冰岛人，屋里到处是她收藏的蜡烛。厨房、卧室、客厅、厕所，每一个角落的每一根蜡烛，她都能说明出处，

极夜的全民爱好之一，是给窗户和院子安装彩灯

有的是圣诞节女儿送的礼物，有的是去德国旅行带回来的纪念品。对她来说过生日最开心的是收到蜡烛，泡澡、下厨或看书的时候，点着蜡烛让她觉得暖心。冰岛人对蜡烛的热爱源于维京时期，无止无尽的冬天，阴暗寒冷，没有电，没有暖气，蜡烛是生活必需品。

对了，极夜温馨的最高境界是有猫，一起窝在沙发里，暖气屋里互相取暖，看电影织毛衣，膝盖上的猫突然伸个懒腰，涂了眼线一样的大眼睛，好奇地张望窗外的飘雪。

·8·

极昼和极夜，在我眼中的最大区别是——极昼吵闹，极夜沉稳。夏天挥霍了所有日照，使出了所有力气，说过太多话，走了很远的路。在极夜的寂静中，过一个不被打扰的漫长冬天，并非就此沉默，而是蓄势待发，为下一个夏天做好准备，说更多话，走更远的路，再受点伤，继续深沉地爱这个世界。

随着日照慢慢变长，1月中旬下班回家，开门拿钥匙不再摸黑，到了2月初，坐公交车可以欣赏窗外的雪山日落，3月的早晨8点钟，坐在办公室能看一会儿日出发呆。日照变化对心理有影响，披星戴月上下班，总觉得一天短暂，回家洗澡吃饭看书，累得想睡觉。但白天长了，雪化了，阳光普照，心情轻盈，精神也变好了。

翻开日记本，有过这样的一天——"早晨6点自然醒，上厕所，排泄通畅。发现是星期六，窗外漆黑，回到床上，暖气片烘干的衣服散发着肥皂香，昨天睡前洗了澡，被窝一股身体乳的香味，闭上眼，再也睡不着，躺在床上发呆，听一会儿歌，彻底醒了，裹上外套，已是中午12点。出门走到海边，天空火红，接着转粉红，又转粉蓝，映照的云朵像一颗颗马卡龙小点心似的，天亮持续一小时，日落便开始了，慵懒的太阳亲吻着地平线，时空倒转一般，粉蓝之后变粉红，大海和雪山又淹没在极夜的寂静中。"

· 9 ·

夏天游客拥挤，阳光明媚，分明不是想象中的静谧北欧。想体验冰岛生活，冬天是最佳时间，人少，日照短，天总是黑，睡眠变长，黑眼圈消退，静下心做很多事，安心享受隔绝。

雷克雅未克有本杂志，其中一期提出了个有意思的说法——别听那些外国游客说多么喜欢冰岛，多么想生活在这里，他往往只来过一次，这不算数，必须过三四个冬天，体验过又冷又黑天气又差，再听听他是否依然喜欢冰岛，那时才能当一回事，和他好好聊聊。

坐在珍珠楼的咖啡馆望出去的风景

极光与风

迪霍拉里的黑沙滩，冰岛的沙滩大多是这个样子

no.7 极光与风

　　冰岛是个怎样的国家？什么东西都要进口的匮乏国家。居住证和银行卡，这里没有制作的机器，申请成功以后，还要等两个礼拜，从国外寄到冰岛。雷克雅未克的国内机场附近有片白沙滩，这些沙子还都是进口的，因为冰岛只有黑色火山沙粒，学校跳沙坑用的也是黑漆漆的沙。

　　在海边散步时，路过一个健身俱乐部，青少年在门口办烧烤聚会，清一色的高大男孩，手握啤酒。可能因为这里的匮乏，他们朝一个小盒子丢沙包，玩了很久，传来一阵又一阵的大笑。

　　想起在斯奈山半岛的旅行。路过火山苔原地，天降大雪，车窗外一片模糊，十分钟后驶到一个渔港小镇，居然晴空万里，祥和可爱。导游带我们去一片黑沙滩，岸上有大大小小的石块，他解释道，这地区的娱乐活动是抬石头：从小的开始，越来越重，挨个儿抬起，比赛谁是大力士。在这个要什么没什么的地方，我发现我变得越来越简单。

· 1 ·

当极光成了生活的一部分，常常得到奇特的满足感。

有一次回家晚了，炒菜做饭时透过窗户看到极光，跑出门站在院子里看，手里还拿着炒勺。也有一次吃了饭还饿，去快餐店塞了一个牛排汉堡，回家路上，抬头见到了闪亮的极光，特别明显，都不用去远离灯光的地方。还有一次，早晨出门上班，连续好些天的暴雪停了，虽然一片漆黑，但空气清透，踏着雪，哼起小曲，星空满天，居然还有一抹淡淡的极光。

最浪漫的极光经历是，那天新闻报道晚上有难得一见的极光大爆发，雷克雅未克政府决定临时关掉路灯，号召居民在家也尽量别开灯，减少光污染，好在城市欣赏极光，这是我所亲历的和城市有关的最浪漫的集体事件。那天晚上，我去了格兰迪地区的一个山坡，在那里能见到整个雷克雅未克城市夜景。本以为只有我这样的闲人才会做出如此举动，没想到来看极光的人越来越多，有看起来是高中生的女孩，也有带孩子的家长，没人低头看手机，也没人架三脚架拍照，大家都穿了厚外套，小声说话，氛围跟电影院似的。

骑车出门溜达，没想到遇上了极光大爆发

到了晚上 8 点，路灯和政府楼房一瞬间暗了，有人带头鼓掌。不过实在太冷，我没戴手套，手指渐渐冻僵。等了半小时，极光仍未出现，我失去耐心，往家的方向走，没想到半路遇到了粉色边的绿极光飞舞。累得不想折回，幻想在山坡看到的景色更壮观——极光笼罩整个雷克雅未克，每一条街道被极光的光芒照得清清楚楚。

在阿克雷里，第一次见到粉色极光

也有因为极光而得到治愈的时刻。

12月初的一天，下班回家，吃了饭，背上书包赶车去学校。一起上课的同学也是在冰岛工作的外国人，有波兰人、立陶宛人、俄罗斯人、泰国人、越南人。上了一天的班又来上课，教室里哈欠声此起彼伏。这学期遇到的老师性格活泼，爱提问互动，被叫起来的人脑子转不过来，尴尬地笑。

罗拉在养老院的厨房帮忙，阿迦塔在购物中心的一家服饰店铺当助理，波兰男孩的名字我总念不对，他在金融街附近一家酒店做前台。大家前来上课的原因各有不同，我趁着课间休息闲聊做过小调查。有人为了移民局的表格，凑足课时；有人是工作需要，不然饭碗难保；至于有的人，学冰岛语不过是个幌子，下班到家实在闲得慌，比如我这样的，来上课是为了能认识些人，有个地方填充时间。

下课从教室走出来，一阵凉风吹来，不再犯困。雪停了，在站台等了一会儿车，决定放弃，坐车五分钟，等车半小时，不如走回家。踏着新雪，发出嘎吱嘎吱的声响。路过雷克雅未克老城区的彩色小屋，那些屋里透出了暖黄色的灯光。这个季节游客少了，主街恢复一如既往的冷清，街边餐厅传来汉堡和薯条的油烟味。

哪怕每天安排得很满，也始终逃不过和自己相处的时刻。这样的生活要持续多久，又能够持续多久，没有答案。沿山坡往上走，猛然看见大教堂上空一道明亮的极光。一路走，一路看这道极光变淡，消失。站在院子里拿钥匙开门，我深呼吸，心里一股说不清的慰藉。屋里暖气扑面而来，挣脱了厚重的登山鞋，我决定洗个热水澡，好好睡一觉。

· 3 ·

再一次被极光治愈，是与父母的欧洲旅行结束之后。在巴黎的机场告别，送他们坐上回国的深夜航班，我多待一天再飞回冰岛。戴高乐机场一号航站楼的广播通知航班延误，登机时已是晚上 10 点，头靠小窗，疲惫得睡着了，睁开眼时已快到冰岛，看到了机舱外的极光。那是我从未见过的景象，比起在地面，在飞机上看到的极光更壮观，也更完整，甚至更明亮，宛如云层上空飞舞的一条绿色巨龙。

凌晨下飞机，走出机场，自动门打开，空气冷到呼吸时鼻子都疼。坐上机场巴士，公路沿途一片漆黑，两旁的火山荒地静悄悄的，迷迷糊糊再次睡着，醒来时车窗外出现了城市灯光。到汽车总站下车，推着行李在细雨中走回家，走了二十分钟，街上没见到一个人。到了家门口，邻居的猫还在溜达，从包里拿钥匙时，看了看天空，云层很厚，但知道极光不过是隔了层云，依然壮观，完整，明亮。第二天早晨6点半闹钟响起，背冰岛语单词，坐公交车上班，8点到达办公室，打开电脑，公司窗外，远行的候鸟，跃起的鲸鱼，巨龙似的极光，很近，很具体。

· 4 ·

除了极光，冰岛还有一种自然现象，虽然常见，并不稀罕，却有强烈的存在感，这便是冰岛的风。充满恶意的冰岛大风，把人吹倒，使雨伞散架，弄乱精心打理的头发，着实讨厌。出门吹一天的风，夜里照镜子，皱纹"立等可取"，少女被吹成妇女。

在冰岛租车，为汽车买的保险种类和其他地方不太一样。盗窃险不需要，这是座海岛，偷了车很容易追查。但有个奇怪的类别——车门险，接待的工作人员会提醒，或许有必要购买。开到荒野，风也原始，从车里走出来，若不小心，车门整个被吹跑，在冰岛十分常见。

独居冰岛的一年

　　我体验过的最大的风是在斯卡夫塔国家公园，从游客中心走向冰川大约三千米的路，往返走了半天。去冰川时逆风，走一步退两步。回程时风推着走，也没好到哪儿去，一个趔趄，差点摔在路边。风卷砂石，刮在脸上跟鞭子抽似的。耳朵发鸣，除了风声，听不到别的声响。不戴绒线帽，脑袋暴露在风中超过五秒就开始头疼。这种天气，渔夫无法出海，船会翻，大型房车被吹下公路的事件也偶有发生。大风天，无论做什么事都容易累，脑袋里唯一的念头是赶紧回家，沙发柔软，靠枕舒适，暖气开足，一杯热巧克力，夫复何求。

　　久而久之，对好天气的认知产生偏差，没有风的冰岛，搭配什么天气都可爱，我甚至会觉得热（当然这种热是冰岛意义上的热）。还记得一个冬天的早晨，天气预报是 4℃，虽然阴天，但是无风，穿羽绒服走在街上，不由得感慨今天真是热得不寻常。

· 5 ·

　　虽然说了许多风的坏话，但冰岛的风也是许多神奇事情的源头。冬天是风吹来的，10 月的落叶来不及变金黄，风把它们通通卷走，吹来了浪漫的白雪。雷克雅未克对面的艾斯雅山，像洒了层糖霜一样。雪也是被风吹走的，连夜暴风，风是暖的，一夜之间，全城的雪消失，像是过了午夜12点的灰姑娘。极光的出现更得感谢风，风将云吹走，地上的人才能见到极光。

风塑造了冰岛瞬息万变的气候。如果不喜欢眼前的天气，没关系，再等五分钟，唔，可能会变得更坏，更讨厌。冰岛人心情多变，或许也是风的影响。有时一整天不说话，唉声叹气，只因为风大。如果雨过天晴，微风轻拂，巨大的彩虹挂在半空，这时冰岛人情绪高涨，不知道下次好天气会是什么时候，活得像没有明天似的。上班的人跑出去买冰淇淋，在家里休息的人脱掉上衣到阳台看书、喝冰啤酒，走在路上的人嘴角不自觉往上翘，孩子们放学到露天泳池玩水。凡此好天气，和陌生人聊天成功率极高。外国人来冰岛纷纷患上"冰岛后遗症"——如果好天气在家玩手机，第二天天气变得糟糕，便后悔不已。

冰岛语中有一个词叫"窗户天气"，指的是在暖气房里看见的窗外的天气。大风吹走了乌云，阳光明媚，鸟语花香，彩色小屋都有了热带风情。这时从衣柜深处翻出夏季服饰，戴上墨镜，幻想摩洛哥的热浪，雷雨后潮湿困倦的下午，日光下的小麦色皮肤。直到出门，大风阵阵，白日梦醒，瑟瑟

屋里暖气充足，窗外阳光灿烂，这时最容易被"窗户天气"骗到

发抖地回家换毛衣，裹上羽绒服。晴天时走在冰岛街头，如果看到穿衣清凉的人，大概又是一个被"窗户天气"骗的冰岛人。

· 6 ·

大自然的奇妙哪能少了精灵。在世界范围内，冰岛人被认为纯真可爱，很大一部分原因是他们相信精灵。可惜这是文化偏见，事实上，大部分冰岛人都认为精灵不存在，一些学者更认为精灵之说是旅游行业的宣传伎俩。一位留学美国的冰岛女孩对我说，无论到哪里，只要人们知道她来自冰岛，下一个问题总是为什么相信精灵，她感到厌倦。她强调，冰岛科技发达，网络普及，不是原始社会。

在我看来，冰岛人相信精灵这件事并非捕风捉影。直至现在，冰岛人建造公路或是改建家门口的院子时，如果发现大石头，大部分都不敢轻举妄动，甚至会先寻求冰岛精灵协会的意见（这个官方协会真实存在）。传说中，精灵住在石头里，移动精灵的家会带来厄运，甚至有人离奇死亡的相关纪录片。

在一号公路开车，明明可以横跨荒原的笔直的一条路，有时却绕了一圈，可能是因为精灵石。在当地人的家里做客，院子里突兀的石头也可能是精灵石。然而把这事和冰岛人对证，他们会摇着头说，这只是趋利避害，宁可信其有，不可信其无。

参加雷克雅未克的城市步行时，导游是个大学学过冰岛历史的冰岛男孩，名叫马丁，他认为精灵是爱尔兰人。维京人来冰岛之前，有一群爱尔兰修士在这里生活。维京人来了，这些爱尔兰修士为了保命，躲在石头后，让维京人以为他们独自生活在冰岛。所以，维京人在空旷的冰岛大自然散步时，见到逃跑的爱尔兰修士，误认为遇到了精灵。

Elves 2440-

我们总在人群中寻找荒野，却在荒野中热衷于寻找同类，大概这是冰岛人相信精灵的原因

从机场到市区的路上会看到这个路牌，表示你已进入精灵小镇

夏天的冰河湖，北极燕鸥聚集在这里孕育新生命，在秋天来临前开启下一段旅程，一路往南追逐阳光，直到南极，次年夏天又回到冰岛

no.8

另一种热闹

no.8 另一种热闹

　　冰岛共有约一百万只羊，也就是每平方千米虽然只有三个人，却有九只羊——动物比人多。邻近南岸还有座岛，名叫西人岛，曾被阿尔及利亚的海盗占领，后来又被一场火山爆发毁灭过，如今岛上有五千名居民，却有四百万只海鹦。

　　在城市长大的我习惯了人群，来到这样极端反差的环境，体验了另一种形式的热闹。记得第一次在雷克雅未克市中心租房，交钥匙时，我问房东有什么要注意的，他提醒我记得关窗。我担心地问，市中心小偷那么多吗？他笑着说，要防的是猫。在冰岛，猫会放养，白天主人去上班，猫也外出晃荡，见到开着的窗，就大摇大摆地钻进去巡逻一番。住在雷克雅未克的一年，我虽未养猫，倒和邻里的猫打成一片。

独居冰岛的一年

· 1 ·

　　到了夏天，游客"占领"冰岛，本地居民产生默契，日常散步的地方，谁也不外传。下班后收到谷米的短信，问我想不想去喂野兔，前提是我要保密。从雷克雅未克市中心开车到那里需要十分钟，满山遍野的兔子，奔腾的瀑布，树林深处一片清澈见底的三文鱼湖，还不曾有捧着相机的外国人。谷米是我在托宁湖边聊天认识的冰岛人。他开车到主街，我们会合时天空下起了雨，头顶一阵噼里啪啦，很快乌云散去，后视镜出现一道彩虹。

　　为了寻找北极燕鸥的窝，往草丛深处走时，我有些害怕，北极燕鸥极具攻击性，实在惹不起。谷米提醒，它们都已离开，往南非去了。难怪静悄悄。

　　夏初时分的冰岛小镇，院子里要是有一群北极燕鸥筑巢，吵闹得像是菜市场。谷米问我知不知道北极燕鸥离开冰岛，下一站会是哪里。我想了想，是法罗群岛吧。

　　过一座窄桥，站在桥中央望下去，虽已黄昏，天色渐暗，仔细看河流依然见得到肥硕的三文鱼，三五成群，缓缓游动。谷米告诉我，这片地区仍然属于市区，他虽未周游世界，但确信雷克雅未克是世上少有的干净城市，毕竟城里能有三文

在森林里散步要记得带上胡萝卜

鱼湖，这足够说明了。我问谷米，这些野生的三文鱼不会被人钓完吗？他说它们受到政府保护，没有许可任何人都不得在这钓鱼。我们站在瀑布前，水势汹涌，瀑布分为几条粗细不等的水道，其中一道像是台阶，被水流冲得光滑。谷米向我介绍，这是三文鱼跨越瀑布用的"楼梯"，等它们产卵时，记得来看逆流直上的三文鱼。

往前走，出现一座山坡，密密麻麻的兔子洞。两只兔子，一灰一白，站在一个洞口。我数了数山顶，八只兔子，蹦蹦跳跳。谷米从棉衣口袋取出胡萝卜，递给我一个。灰兔见了，朝我跑来。小嘴碰到胡萝卜，打字机似的，噌噌噌，转眼工夫吃了大半。陆陆续续，更多兔子来到跟前。我的手举累了，有个黑兔咬住胡萝卜不放，当我抬手，它也跟着站起，露出圆滚滚毛茸茸的肚子，我伸手去摸，它警惕地停住嘴，趴下，屁股对着我，露出一根小圆尾巴。回去的路上，在泥地的一个洞口里，我发现一只受伤的白兔，耳朵耷拉，血迹斑斑，给它喂食，不理不睬，伸手去摸，没力气抗拒。谷米说这只野兔熬不过这星期，很可能被老鹰吃掉。

这天的月亮又大又圆，像姜黄色的探照灯，挂在山坡顶端，爬上坡似乎可以关掉月光。这段日子，我对办公室的生活感到疲惫，也对接下去的人生感到迷茫。回到家发现，一路上和谷米未提任何的琐碎麻烦。当我们谈论候鸟的去向，观察三文鱼的踪迹，喂兔子，不谈论抽象的人生，好像也不赖。

· 2 ·

4月，小羊羔出生，冰岛农场纷纷进入忙季。趁复活节假期，我去了一个农场过夜，想看看刚出生的小羊，如果幸运，

人生第一次见到出生不久的小羊，农场主抱起一只，将它交给我

独居冰岛的一年

抱一抱，闻闻味道，听说小羊羔闻起来像是奶油冰淇淋。到达农场，入住时间农场主能不能抱小羊，主人说现在政府不允许带外人看农场的动物。见我失落，他解释道，冰岛是个岛国，很长时间处于隔离状态，现在世界各地的游客来到冰岛，但动物还没抵抗力，容易得病。我点点头，表示理解。

夜晚泡了杯茶，捧着小说，在开足暖气的农场客房里阅读。另一间客房住了对英国情侣，守在窗口等极光。乡下无事可做，四周静悄悄，我睡意十足，9点就去睡觉了。早晨5点睁眼，再也睡不着，推开窗户，像是拆开一包全新的空气，冰冰凉，呼吸一口，扫去睡意，两头驯鹿在窗前田野上追逐奔跑。

到客厅吃早餐，女主人起得更早。牛奶、麦片、吐司、牛油、培根、番茄、煎鸡蛋，一切就绪，自助取食。捧着冒热气的茶杯，客厅窗外见到四条冰川的冰舌，像是四条波浪凝固了的河流。农场主进屋，向我招手，满面笑容，看起来心情不错。他问我昨晚有没有见到极光，我说我很早睡了。他惊奇，说我不像一般的游客。我说我在雷克雅未克工作，此行专程想见刚出生的小羊。他肃然起敬，让我吃了早餐跟他去羊棚，又朝我眨眨眼，小声说，别告诉其他游客。

跟在农场主身后，他推开羊棚的门，转身和我说，这味道你可能闻不习惯。我呼吸一口，笑着说这是大自然的味道啊。在靠近门的位置，一头黑牛见到农场主，朝木栏蹭过来。第一次看到我，黑牛眼里没有敌意，我伸手摸，它倒对我扬起脖子，示意继续，像只撒娇的猫。往里走，全是羊，在木栏隔出的区域，各有三五只，羊叫声此起彼伏，咩咩不断。农场主弯下腰，从围栏里抱起一只奶白色的小羊羔，放在我怀里。那瞬间，好软，好香，小羊贴着我的脸，带来一阵温热。我能感受到它的心脏在跳动，是一个新生命。托住它小小身躯的手臂，有些紧张到发抖。农场主说这只羊在四天前出生，我可以抱一会儿，他要打理羊饲料。羊妈妈试图突破围栏，咩咩喊叫，催促中有些焦虑。我轻轻把小羊放回羊妈妈身边，它这才安静了。

心满意足，开车回雷克雅未克，一路遇到好天气。远处雪山染上粉色日出，成了座粉山。春日冰岛和夏天的缤纷色彩不同，也和冬季的满眼白茫茫不一样，多了些躁动和雀跃，小羊羔一个个出生，一号公路车来车往。不知怎的，抱过小羊以后，每次闻到羊肉的香味，愧从心生。

羊在冰岛是重要的动物。维京人来到冰岛定居的时代，为了熬过漫长寒冷的极夜，人和羊生活在一起，白天穿羊毛的衣服干活，夜晚借着羊的热气取暖睡觉。世世代代的冰岛人因为羊而不再受冻挨饿。冰岛人养羊的方式也独具特色。到了夏天，羊都放养，离开了农场，反正在岛上，不会到其他国家，这里又无野兽，不用时刻警惕。于是冰岛的羊自由自在，上山吃鲜草，去瀑布喝泉水，在草丛啃蓝莓，无拘无束地变胖。这些环岛旅游的羊，站在公路中央，与车对峙，觉得自己才是道路主人。即便不挡道的羊也够嚣张，在山坡上探出头，嚼着草，车里的人类是佐餐的风景。直到秋天，全国上下举办圈羊节，农场主将羊聚在一起，根据耳朵标记的形状领回自家的羊。

· 3 ·

在冰岛，和羊同等地位的是马。沿一号公路开车环岛，无论风雨凄惨，还是暴雪纷飞，路边总能见到冰岛马。难怪维京人登陆冰岛时带上了肥硕的羊，同时也带了吃苦耐劳的冰岛马，去苦寒之地，没有坚毅的品质无法生存。作为冰岛的明星动物，相比常见的马，冰岛马的模样有些卡通，身高一米五，小小的个头，摇滚歌星似的发型。冰岛马的特别在于其血统纯正，这里以前不曾有马，以后则只有冰岛马。冰岛自古有相关法律条文，不允许进口别的马种，与此同时，一匹冰岛马离开了冰岛，便不许再回来。也就是说，在冰岛

冰岛马是冰岛人的好朋友，长相可爱

见到的马，都保留了千年的血统。

雷克雅未克的露天博物馆展区内有一片草地，到了夏天这里被用来养马。在那里我见到刚出生走路打颤的小马，跟着马妈妈团团转。见了我，小马好奇打探，确认我是个无害的家伙，便放了心，开始和我玩耍。拍照时，一不留神，小马咬了我的屁股。这还不是最有意思的，旁边有一匹黑马，估计是马爸爸，吃饱了在泥地里打滚，找个晒得到太阳的地方，眯眼睡觉。突然马爸爸放屁了，气流将尾巴吹得飞起。第一次见到放屁的马，我在一旁傻笑。

冰岛马天生友好，即便如此，每匹马还是有着各自的独特性格。有个冰岛农场出现过有意思的冰岛马，天生不爱被人骑，具有反叛精神。还有一回看新闻，那阵子国泰民安，实在无新闻可播，于是记者前往一个农场，介绍一匹有故事的怪马。这马跟着女主人长大，到了退休年纪依然喜欢跟着女主人训练，偶尔参加赛马比赛。但怪的是，从初见面，这马便开启了对女主人的男友漫长的讨厌。只要见到女主人的男友，总屁股对着他。这则新闻结束时，先拍了女主人骑在怪马上的英姿，下一个画面是男友进入马厩，马认出他，立刻扭头面对墙壁，不时回头看看，眼里全是嫌弃和不耐烦。

　　想起另一个和动物有关的本地新闻，那天报道了一则突发事件，雷克雅未克居民的心都揪了起来。老码头附近海域出现了两条搁浅的鲸鱼。老码头距离市中心不远，走路才十分钟。新闻播出后，居民下了班纷纷自发前往，为了不让鲸鱼死去，带了大大小小的水桶，不断往鲸鱼身上泼水。遗憾的是，其中一条在第二天死去了。

　　我有两次坐观鲸船出海的经历，见到抹香鲸的那次，是在冰岛西部斯奈山半岛的欧拉夫维克。上船后导游开了麦克风，讲解海洋动物的分类，随后与大家约定，各自观察眼前的海域，一旦有动静，以时钟形式大喊方向。这一天的格陵兰海，清风徐来，水波不兴，船上有三十多名游客。导游说道，大海茫茫，观鲸船不能保证一定能见到鲸鱼，有一个关于寻找鲸鱼的窍门，若见海鸟聚集，那么底下一定有鱼群，同时很大概率会有鲸鱼。话音刚落，传来一声大喊：下午2点的方向！

　　一瞬间，船上安静了，因为晕船而哭闹的小童，此时亦收声。扭头一瞥，毫无预警，人生第一次看到了大海中自由自在的抹香鲸。为了不打扰鲸鱼，我们的船始终保持距离，船长还将发动机熄了火。除了耳旁的风，整个世界只听见抹

在斯奈山半岛出海时，见到了漂亮的抹香鲸尾巴

在夏夜的冰河湖，与一只小海豹四目相交，发现它在和我打招呼

香鲸的换气声，每次喷发，宛如海上间歇泉。看着眼前的景象，大家呆住了，过了一会儿，有人按了相机发出快门声，人们才纷纷记起要拍点照片留念。我把单反从包里拿出，镜头对准，按下的瞬间，抹香鲸突然头朝下潜入深海，误打误撞，我拍到了漂亮的鲸鱼尾巴。发动机重启，导游在广播中介绍，每次见到抹香鲸自己都要目不转睛地看，因为永远不知道它会在哪个时刻一跃而出。

　　另一次的观鲸经历，是从雷克雅未克老码头出海，不算是美好回忆。即便查看天气预报，选了一个完美的无风晴天，却没想到海上天气骤变，风起云涌，像是坐游乐园的海盗船，三百六十度全方位的那种摇摆。逃离甲板，躲在船舱，吃过晕船药，呕吐感强烈，却卡在喉咙，反倒更难受，想下船又没办法。整整四小时，沿途不见鲸鱼踪迹，只有两只海豚，在距离船不到五米的地方跳跃。从那以后，看见旅游宣传册推荐雷克雅未克的观鲸，我总不自觉地眉头一皱。

　　和鲸鱼相比，看海豹方便得多。在住处附近散步，码头处有两个少年在钓鱼，兄弟模样，都是浓密金发，海蓝色眼睛。

我走过去凑热闹，瞧瞧能钓上些什么鱼。这时无意往海港望去，一只海豹探出黑不溜秋的圆脑袋，漆黑有神的大眼睛和我对视了足足三秒。之后海豹潜下水，消失了。我向少年摇摇头，少年却朝我点了点头，嘴角带笑。

还有一次，去了隔绝的农场过夜。农场主是个数学家，妻子是导演，退休后他们厌倦了雷克雅未克的城市生活，买下一块西峡湾的地，盖了栋尖顶小屋，养了十多只羊，一只会跳舞的鹦鹉，还有一只猎枪下死里逃生的北极狐。每到冬天，山路封闭，两人被困在农场，偶尔有船驶过，从船员那里购买咖啡和鸡蛋。他们家的冰箱是我见过最大尺寸的，冷冻柜塞满了为过冬储备的吐司面包。

吃早餐时，数学家站在窗边，拿望远镜看家门口的海。他告诉我，在冰岛村庄，家家户户的窗边都会放一个望远镜，大部分时候是出于八卦，看看邻居在做什么，不过他住得实在偏僻，没有邻居，便用来看礁石上的海豹。说完，他把望远镜递过来，让我朝他指的方向看。"海岸那一块儿，晒太阳的三个海豹，看到了吗，像一根根香蕉。"我没见过晒太阳的香蕉，看了半天自然也是白看。等我吃完面包，数学家拿起车钥匙，开车带我去黑色沙滩，近距离看到了晒太阳的"香蕉"，还不止三个，简直是春节聚餐的海豹家族。小海豹们不安分，在大海里互相追逐。一只躺在石头上眯眼享受的老海豹见到我并不慌乱，打了个悠长的哈欠，缓缓转身，好让其他部位晒到太阳。海豹在冰岛没有天敌，海里资源丰富，不愁吃喝，过得好生悠闲。

在那些独特的冰岛动物中，海鹦最可爱。它是第一眼见到会立刻喜欢上的鸟，长得像呆头呆脑的企鹅，背部黑色，肚子雪白。每到春天，喙变为鲜艳的彩色，又像鹦鹉，于是起名为"海鹦"。不过有意思的是，海鹦和企鹅不是亲戚，与鹦鹉也不相关。

从雷克雅未克出海，路过一座海鹦小岛，见了海上捕食中的海鹦。它们像是一只只飞翔的小企鹅，高频率地用力扑闪翅膀，某个瞬间潜入水中，再次出现时收获满满，嘴里挂了好些鱼。说来惭愧，如此可爱的小鸟，我还尝过鲜。在冰岛，羊睾丸都吃，鲨鱼肉即使有毒也想办法下肚，为了生存，冰岛人就没有不吃的动物，海鹦自然也是冰岛国菜，常见做法是烟熏海鹦胸肉。如今回味，口感类似鸡肉，但不怎么好吃。

根据科学家的统计，全世界约百分之六十的海鹦在夏天来到冰岛繁殖，其中西人岛最多，有四百万只。相比当地的五千居民，海鹦的数量惊人。想亲眼看海鹦，不太容易，它们通常在悬崖峭壁栖息，或在海面捕食。我读了本西人岛的宣传册，上面提到当地有家博物馆，生活着一只自以为是人类的海鹦。为此我特意前往西人岛，跑去瞧一眼那只有名的海鹦。西人岛常年大风，那天也不例外。下了长途车，在码头换乘轮渡。船上游客呕吐，面色苍白。我虽然没吐，但头晕眼花，下船后走路一个不稳，差点跌跟头。见到这只叫"托蒂"的海鹦时，舟车劳顿烟消云散。博物馆工作人员把它放在我的肩膀，没什么重量，却能感受到小家伙蹦来蹦去，不太安分。这时来了一个瘦高的女人，托蒂见了，跳到地上，跟在她身后，摇摇晃晃，迈着小碎步离开房间。工作人员向我解释，托蒂被发现时受伤了，在瘦高女人的照顾下长大，把她当成妈妈，跟着人类生活，久而久之，托蒂也自以为是人。离开西人岛不久后，我计划再次前往，却在报纸上看到托蒂去世的消息，有些震惊。

在西人岛，所有路标都是海鹦的形状

在维克小镇附近的悬崖边上，近距离见到了海鹦

· 7 ·

　　光临冰岛的候鸟，除了海鹦，还有北极燕鸥。它们简直是鸟中传奇，每年往返于北极和南极，据统计，每一只北极燕鸥一生的迁徙飞行距离达 760,000 千米，等于从地球去月球，并且是一去一回的行程。实际见到本尊，难以置信，北极燕鸥娇小可爱，重量不超过一部手机，深红色脚蹼，尾巴分叉，像蝴蝶展翅。北极燕鸥在夏天来到冰岛，极昼尾声时出发，一路往南，在南极短暂休息又折回北边。科学杂志富有诗意地描述北极燕鸥是地球上唯一大部分时间生活在明媚夏天的动物，真是天生拒绝黑暗的倔强家伙。

　　夏日在冰岛散步，北极燕鸥无处不在，虽然模样讨喜，精神可嘉，但性格不怎么好。我见过一群游客跟着导游在郊外徒步，每人举了根长棍，远看像群疯子，然而别无他法，还不是为了不被北极燕鸥啄破头。夏初，为了保护领地，产卵前的北极燕鸥会对路过的人进行威胁，以俯冲的方式表达不满，尖声叫喊"克——里亚！克——里亚！克——里亚！"（北极燕鸥的冰岛语名 Kría 由此得来）。小鸟出生，攻击升级，朝头顶啄去，立马见血。这时一根不起眼的棍子能救命，因为北极燕鸥只攻击对方的最高处。

最后再来说说北极熊。每隔十年，会有一只格陵兰的北极熊坐在冰山上，一不小心漂到冰岛登陆。但这些北极熊饿了太久，肚子空空，政府为了保护居民，只能射杀。所以在冰岛除了做成标本的北极熊，哪儿也见不到活的。

有过乌龙事件。游客致电冰岛国家新闻台，声称钓鱼时见到了北极熊，为此政府派遣直升机巡逻了两天，都没找到北极熊的踪迹，搞得人心惶惶。游客才支支吾吾地澄清，他是个近视眼，那天忘戴眼镜，见到一团白色东西在动，以为是北极熊。

哈哈，他见到的或许是一只环岛流浪、享受孤独的羊吧。

雷克雅未克主街，正在"兼职"的北极熊

火山熔岩上的苔藓，像一个个绿色小精灵，从地底下冒出圆滚滚毛茸茸的脑袋

no.9

远方

no.9 远 方

　　冰岛国旗有三种颜色，蓝白红，分别代表大海、冰川和火山。对于自然爱好者，这里火山爆发，冰川崩裂，地热冒烟，很大程度上满足了关于远方的幻想。而对于我，虽然雷克雅未克属于城市，但与大自然离得近，常有一种"世界在我家门口"的神奇感受。

· 1 ·

　　参加冰川徒步，最喜欢的时刻是站在冰川上，望向四周，那种铺天盖地壮观到让人唏嘘的冰层，让人仿佛置身外星球，毫无人类踪迹，见不到任何生命，即使想留下些痕迹，也很快被冰川吞没。

　　有一回刮着大风，我在索尔黑马冰川上徒步。没有树木，没有阻碍物，原始的风从四面八方吹来，比陆地上猛烈得多。

独居冰岛的一年

我闭上眼，风里好似夹杂了魔鬼的哭嚎，恐惧瞬间袭来，大概这便是对大自然的敬畏。

朋友还没来过冰岛，在她眼里冰川就是冰岛的模样。没错，冰岛国土的百分之十由冰川覆盖，欧洲最大的冰川（瓦特纳冰川）位于冰岛东南部。我告诉朋友，在一号公路开车，最美的路段之一是逆时针环岛时不断接近斯卡夫塔国家公园的车程。先是远远地见到了冰川，一望无际的水的世界，好似宇航员在太空看到的地球。接着是左边车窗外，冰川爬过了山，以凝固的瀑布形式倾斜而下，形成一条条壮观的冰舌。随着国家公园越来越近，沿途出现了绮丽的火山苔原，没有人能忍住不拿相机。

第一次近距离看冰川，我没能理解为什么上面满地黑色颗粒，有些脏脏的。导游讲解后才明白，这些黑色颗粒都是近年来爆发的火山灰。

听导游介绍冰川上的石块故事，我有些入迷。冰盖移动时的力量足以穿破岩石，那些孤零零的石头，都是被冰的运动硬生生推出来的。所谓的一物降一物大概如此，坚若磐石的山也有克星。

出于好奇，我问导游，天天看冰川，会不会感到无聊？导游是个年轻的冰岛女孩，她告诉我这份工作只是暑期兼职，她在大学读体育系，来冰川带团没有让她感到无聊。"冰川是活的，有生命的，无时无刻不在移动，隔一星期不来，很可能大变样。"

索尔黑马冰川上的一个天然冰洞

独居冰岛的一年

· 2 ·

上班时，在公司感觉到了摇晃，立刻查新闻，卡特拉火山发布黄色预警，二十四小时内雷克雅未克和周边地区预测到约五百次小型地震。根据历史规律，去年卡特拉火山应当爆发，但至今没有动静。我这个应对火山爆发经验为零的家伙，既害怕，又期待。

住在冰岛，那些有趣的事情成为日常生活的一部分，比如极光，比如极昼极夜。但凡事总有另一面，在火山威胁下活着，也成了生活的一部分。冰岛由火山喷发形成，至今仍有两百座活火山。自从我搬到冰岛，火山预警就没有停止过。尤其当我得知，蓄势待发的还不止卡特拉火山，心情有点复杂。那些埋在冰川下的火山，一旦喷发，冰川融化，洪水淹没村庄和公路，有毒气体释放，岩浆烧毁房屋，无需电影特效，这一切即将在眼前展开。

听说火山爆发会持续数月甚至一年，不晓得公司会不会放带薪假。问同事以前火山爆发怎么处理，大家说不会有影响，即使火山爆发，只要雷克雅未克还在，大家都还要上班（真是让人对火山失去了期待）。我又去找希拉，她是南非人，在冰岛住了三十年，我问为什么大家对火山爆发好像没有特别当一回事。她说挺当一回事的，前年火山爆发的时候，她带了孩子去坐直升机看岩浆，还拍了全家福。

冰岛历史上最大的一次火山爆发是1783年的拉基火山爆发，绵延二十七千米的熔岩使冰岛失去了五分之一的人口。若在现场，那真是世界末日的景象。我从雷克雅未克去霍芬镇，坐长途车路过这座火山，当时车上只有我一名乘客，司机兴致高，让我坐到前排和他聊天。他告诉我，那次火山爆发加速了法国大革命的爆发，影响了欧洲历史。他解释道，火山灰一路飘到欧洲内陆，原本民不聊生的法国更种不出粮食，闹起饥荒，饥民暴乱，向权贵反抗，从而推翻了波旁王朝。在一些历史记录中，拉基火山爆发还引发了世界其他地区的气候异常，比如同年夏天，中国出现极度低温现象，叙利亚和埃及也出现火山雾。

如今环岛旅行，若是阳光灿烂，风和日丽，画面美好，想象不到昔日火山爆发的景象。若历史重现，滚烫的熔岩在地球横行，弹指间那些玻璃和塑料融化，也抹去了钢筋水泥，人类也不过是这地球上短暂的租客。

· 3 ·

古时候，人们将罪犯流放到荒岛。不过冰岛就是一座岛，犯人该流放到哪里？我觉得这个问题有意思，翻阅了一些当地书籍资料，知道了自古至今，冰岛犯人通常被流放到中部的无人高地。

冰岛的人类聚集地分布在沿海地区，中部的高地如今依然原始，交通不便，天气极端，环境恶劣，无食物来源。那些流放至此的犯人，往往熬不过一个冬天，因此高地流传了许多蹊跷的鬼故事，据说是那些进去以后再也没出来的罪犯。哪怕不迷信的人，到了无人区，暴风雪中饥肠辘辘，隐约见到堆积的石块，难免产生幻觉，或许也可能见"鬼"。我们总在人群中寻找荒野，到了荒野中却热衷于寻找同类。

以上丝毫不影响旅行者对于冰岛高地的热衷程度，说不定还增加了不少魅力。每到夏天，道路开放，这里有一条世界著名的徒步线路，需耗时四天四夜。世界各地的旅行者们纷纷来此，背着巨大的登山包，装了食物、帐篷和睡袋，以步行方式穿越高地。

夏季周末我参加了两次高地旅行团，亲眼见了索斯莫克高地和兰德曼纳劳卡高地。去兰德曼纳劳卡的那次天气不佳，勉强看到冒热烟的彩色山谷，回程路上站在山顶，见到了著名的抹茶色山脉。索斯莫克高地的旅程更让人难忘。从雷克雅未克出发，坐改装后的高地巴士，轮胎直到成年女性的肩膀，沿途经过大大小小的河流，才知道这样的轮胎并非夸张，实用得很，河水甚至能没过车轮顶部。

到达索斯莫克营地后简单休息，开始四小时的徒步。那天 12℃，是冰岛夏天的常见气温，难得无风，万里无云，太阳好似离得很近，烤得背冒汗，即便脱去了外套，身穿一件薄毛衣也有些闷。前些天下雨，山路泥地打滑，尤其下坡的路充满危险。高地是个无声的世界，见不到鸟，也没有虫，只有无名小白花盛开。当我站在最高处望下去，火山砂石形成的荒漠中，冰川融水开辟了一条条细流，在天空映照下，河流泛着蔚蓝的色彩，仿佛黑色荒漠的血管脉络，四周群山围绕，远处峡谷曲折。

冬天的高地才是真正的荒芜。一个冰岛人说，有一年冬天他去了中部，走下车，站在一片黑暗寂静中。"天地之间就我一人，我呆住了，被什么东西击中内心。"他说他听到些奇特的声音。要是有机会，我也想找个冬天去高地听听。

· 4 ·

　　有个雷克雅未克的居民告诉我，那次去杰古沙龙冰河湖，他遇到了大晴天，一直待到日落，天空颜色绚烂，眼前冰山消融，坐在一个山头，眼泪都流了下来。为此我第一次去冰河湖，想看一眼会让人掉眼泪的日落。哪里想到，傍晚寒风萧瑟，乌云满天，但我没因此沮丧，倒有了意外的收获——冰河湖实在是神奇，冰山时时刻刻在融化飘动，冰块折射出的色彩也取决于光照。因此天气不同，这里看起来就不太一样，甚至同一天的不同时刻，模样也都在变。

　　人们常说冰岛是世界的尽头，作为生活在这里的居民，我总认为这样的形容有些卖弄，但要说能带来世界尽头感的地方，那么冰岛冰河湖绝对名列前三。冰川融化，形成蓝绿色的湖泊，没有栏杆，没有路灯，没有广告牌。冰山漂浮在湖面上，露出的部分巨大，难以想象那才是十分之一。湖的另一端是瓦特纳冰川，茫茫无际。海豹趴在冰上晒太阳，北极燕鸥飞过天空。

　　有一个晚上，我遇到一个游客在冰河湖里捞了桶水。我喊住她，提醒她这湖和大海流通，因此是咸的，没法喝，她谢了我的善意，笑着说她想用来冷冻香槟。真浪漫！我还见

世界上的每一种蓝，都能在冰河湖见到

哪怕同一天，不同时间看到的冰河湖也会有所改变

过一个游客，他站在冰河湖边，一动不动。我以为他在钓鱼，想告诉他，在冰岛钓鱼都需要有执照。走近了，见他拿的不是鱼竿，我便好奇地问他在做什么。他说这是录音器，录下冰山移动和日照下融化的水滴声，他认为这是大自然的音乐。还有惊喜，比如海豹游过去搅乱水的声音，比如冰川爆裂的巨响。他摘下耳机给我戴上，我听见冰山融化的声音，有大概一百种，有时像是大便，快速的扑通一下，有时像是钥匙在口袋塞塞窣窣作响，有时像是快餐店员往可乐里加冰块，丁零咚隆的一大串。当我想归还时，耳机里发出如同运动会赛跑前的一声枪响的声音，原来这就是冰川爆裂。

虽说冰河湖的名声在游客中响当当，是必去的十大经典景区，从雷克雅未克开车过去也容易，沿一号公路五小时就能到达，但对许多老一辈的冰岛人来说，这还是个有些陌生的地方。1934 年，杰古沙龙冰河湖出现，有了雏形，但此地位于瓦特纳冰川的一角，曾是冰岛最偏僻的地区之一。直到1970 年，冰河湖才进入人们的视野，1980 年才成为旅游景点。这片湖水每年变化惊人，水量增长快速。目前杰古沙龙冰河湖是冰岛最大的湖，面积18 平方千米，最深的地方达到了250 米，并且冰川以每年100 米的速度融化，导致这片湖水也每年增大。科学家预计，受到全球气候变暖的影响，150 年以后，冰岛将没有冰川，这片湖水将更深，更广阔。

· 5 ·

　　遇到一个搬去丹麦生活的冰岛人，我问她想念冰岛的什么，她说想念 Skyr 和家门口的山。Skyr 可以理解，冰岛特色奶制品，来自胃的记忆。但想一座山，我无法理解。

　　希拉曾在冰岛西部的斯奈山半岛生活，离婚后搬来雷克雅未克，找房子的前提条件是拉开窗帘可以看到斯奈山。我也无法理解她对山的执念。

　　冰岛的山都不太险峻，最高的华纳达尔斯峰，海拔不过2110 米。在雷克雅未克住久了，对山也渐渐有了感情。无论在雷克雅未克的哪里，都能见到艾斯雅山。主街一路走到底，是艾斯雅山；办公室窗外，是艾斯雅山；海边散步的对岸，是艾斯雅山；灯塔尽头，是艾斯雅山；出城和进城，迎来送往的，还是艾斯雅山。不少冰岛诗人将艾斯雅山写进作品中。

　　一年四季，艾斯雅山的形状不变，模样却总变。有时一夜下雪，山成了想象中的格陵兰；有时暴风过境，山又成了光秃秃的一片；晚霞夕照，山顶的雪成了粉色，像武侠小说中的仙境一样。上班时，每次从厕所走回座位，瞥一眼办公

冬日的艾斯雅山

室窗外，看到的风景总不相同：有时是持续一天的凌晨蓝色；有时是日照金山，日出持续两个小时，太阳斜斜的，温柔不刺眼，在地平线挣扎一下就下去了；有时是马卡龙似的蓝粉色天空，艾斯雅山成了鸡尾酒色，大西洋堪比蓝湖温泉，奶蓝色的海水透着粉色。

对山的依恋，根本上是因为山陪伴着的每一个时刻吧：第一次去公司面试的路上，有点紧张，抬头深呼吸时见到的艾斯雅山；面试顺利，新生活要开始了，欢天喜地时见到的艾斯雅山；上班第一个月，房子没着落，想家又不能回家，坐在公交车上看窗外时见到的艾斯雅山；交到了第一个朋友，天气好，一起在街上喝可乐溜达时见到的艾斯雅山；睡不着的冬夜出门散步，极光在北方上空飞舞时见到的艾斯雅山。习惯了山的存在，每个棱角，每道裂缝，清清楚楚都认得。有时想，人和山的感情，我好像懂了，互不打扰，互相见证，看一眼便会心安。

· 6 ·

第一次露营时，原以为睡野外会狼狈。车窗开道缝，带了两条被子，一条垫座位，一条盖身体。露营地点位于东部

独居冰岛的一年

峡湾，小镇名字冗长，没能记住。四周寂静，海浪声不断。逛一圈只见到一个当地居民，还是在镇里的杂货店。店门涂了姜黄色油漆，里面有两排货架，收银台处站了一个牙套女孩，找零的时候伸出胖胖的手。

一觉醒来，发现还活着，哈一口白花花的气，胳膊搁被子外久了，像冷冻柜的肘子。裹上羽绒服，捧着杯子去公用厨房接水。青草地上有晨露，站在海边刷牙。露营地静悄悄的，海浪拍打礁石，野鸭在海面扇动翅膀，消停后，不知哪儿又传来雏鸟的无辜叫唤。冰岛东部常年雾气缭绕，是一个有仙气的地方。微风渐起，小草摇晃，露珠洒在泥土地上，浓雾中的山显露轮廓，层层叠叠的斜纹，是冰川时代留下的痕迹。

陆陆续续有人醒来，公共厨房里，每个人遇到每个人，眼里带笑，互道你好，没有多余的闲话。一个个帐篷拉链被拉开，有人搬出简易桌椅，有人倒了半袋谷物在牛奶里，有人生火烤热狗。看来露营并非赶路，而是回到大自然生活，醒来头顶天空，脚踩大地。当然，下雨刮风时露营，有点凄惨，是另一回事了。

风停止，雾越来越大，山不见了，也分不清眼前的雾和海，灰茫茫连成一片。云层的间隙中，一道阳光照射海面，唯独那块海域金光闪闪。

坐在悬崖边，等来一场日出

偶尔离开冰岛去其他地方旅行，乘坐冰岛航空的飞机回来。
飞机落地，走在凯夫拉维克机场，竟然有一股回家的亲切感

即便是每天上下班都会路过的地方，但凡下一场雪，
都会整个大变样，带来好似旅行的新鲜感

斯奈山半岛的布迪尔黑教堂

no.10 自由

no.10 自由

虽说这篇文章的主题是自由，事实上这字眼太抽象，对我来说只是一个概念。

我试图向冰岛人提问："在你看来，冰岛带来的自由是什么？"有人回答："在这里，任何人随时随地可以找到一个荒无人烟的地方独处。"也有人回答："我发现相比世界其他的地方，在冰岛我拥有最大程度的自己。"一个单身妈妈回答："这里治安好，接近大自然，适合养孩子。"

这些答案仍然太空太泛。相对许多国家，冰岛是一个自由度极高的地方，这里遍布了有意思的人，于是我整理了在冰岛萍水相逢的一些陌生人和片段，他们都曾带给我关于自由的触动，或许集结在一起，能拼凑出一幅自由的模样。

独居冰岛的一年

· 1 ·

有一次我从咖啡馆走出门，一对游客夫妇叫住我，他们认为我的毛衣好看。那天我的毛衣拉链外套里还有一件毛衣，他们问我知不知道这穿法在德国叫什么，我说不知道，他们说是"洋葱打扮"。不知为何，大概是我的偏见，认为德国人刻板严谨，德国人说笑话，这事本身好笑，我们三个都笑出声来。我问夫妇为什么会来冰岛，他们说是为了雷克雅未克的前任市长。"我们想看看是怎样的地方能孕育出这样有意思的市长。他在游泳池开幕式致辞，说了句'我真不想演讲，就想跳下水好好享受'，穿西装的他下一刻还真跳了下去！"

在他们的介绍下，我知道了这位传奇市长——杨格纳尔（Jon Gnarr），还读了他的自传。2008年冰岛经济崩溃，国家破产，人们不再相信政府，这位奇妙市长恰逢其时地出现了。他不是政客，而是一名职业喜剧演员。在市政厅上班，他每天涂母亲的红色指甲油，说很想念去世的母亲。他成立了一个政党，成员也不是政客，而是一群有趣的人，有诗人，也有朋克乐队的主唱，他认为政治需要不同领域、不同行业的人。与此同时，他又认为政客对其他方面不了解很正常，人们不应该期待政客样样都知道。面对媒体提问，他的策略是老实回答，

为了雷克雅未克前任市长，专门来冰岛的德国夫妇

为此他上了太多次新闻头条——关于财政，他坦荡荡地表示，不知道一个项目需要二十亿还是二十一亿，因为数字实在太大，大到他不知道有什么差别；竞选成功后，记者问他接下去四年有什么目标，他惊讶地反问，不是三年吗。

德国夫妇和冰岛人说起这位前任市长，发现很多人认为那次选举是个失误，对杨格纳尔不是那么的喜欢，还认为他有点蠢。但德国夫妇依然对他满怀敬仰："我们之所以喜欢他，是因为我们都有点儿蠢，不是吗？他真实，真实得有趣。"

· 2 ·

再次听到杨格纳尔的名字，是遇到一个准备艺考的女孩。她戴白色耳机，在笔记本上涂涂改改，有时旁若无人地笑。我问她将来有什么打算，她说想当医生。我以为听错了，因为之前聊天，她说准备艺考，在写剧本。

她向我解释："我想读艺术、学表演，但我也想成为医生。在我眼中，医生是个很酷的职业。谁能确保进了戏剧学

开朗的冰岛女孩

院后出来一定去当演员呢？你看，我们的前任市长就是一名接受过专业培训的喜剧演员，一切皆有可能！表演和治病，这两件事我都喜欢，以后当了医生，孩子们因为病痛不舒服，我可以表演好笑的角色，逗他们笑，安抚情绪，不是更好吗？"

· 3 ·

意外参加冰岛婚礼的那次，又见识到了一个有意思的人。那天我正游览雷克雅未克的露天博物馆，馆里有个小教堂，一对新人在举办婚礼，他们问我想不想留下参加。他们接了个电话，挂断后和我说："牧师马上到了，他骑摩托车过来。"

远远的，一个高大男人，穿着皮衣皮裤，戴墨镜，推着摩托车朝我们走来。他打开座位后的储物箱，拿出白袍，进入教堂旁的小屋，五分钟后，摇滚歌手变身为慈祥的白袍牧师。婚礼结束，他又用五分钟的时间，在小房间换回皮衣皮裤。我上前和他感慨，从来没见过这样酷的牧师，他骄傲地说："你回家查一查，我的名字叫谷纳斯格森，在牧师中我很有名，我是牧师界的举重冠军。"

在冰岛，许多人除了本职工作，还有其他身份。参加过许许多多的旅行团，我遇到的导游似乎都把这工作当兼职，他

骑着摩托车来主持婚礼的冰岛牧师

们有的是工程师，有的是电工，有的是作家，有的是广告策划，有的是瑜伽老师，还有一个女导游，在杂技团上班。问原因，无一例外，都说除了多一份兼职赚钱，也享受在户外工作，和世界各地游客聊天。

·4·

即使冰岛很小，但在冰岛人眼里，冰岛又分为雷克雅未克和其他地区。雷克雅未克是一座大城市，有着所有大城市的通病：太过吵闹。一个来自北部农村的男孩问我，怎么能在城市入睡？他每天夜晚都能听到汽车声、邻居的电视声，不像农场的家，到了夜晚一片寂静，只有鸟叫。

我去了那个男孩所说的村庄，遇到一个老爷爷，八十岁了，不会说英文，他邻居的孙女向我讲述他的故事。老爷爷年轻时长得帅气，热爱汽车，对发动机维修尤其在行。他曾经遇到一个女孩，可对方向往雷克雅未克，受不了安静的农村生活。后来，老爷爷一辈子单身，大概是和汽车结了婚，也过得挺自在。

我在加油站遇到了一个工作人员，他年轻时跑去雷克雅未克工作，有了孩子，后来带孩子回到了老家。这个加油站所在的小镇，只有一个邮局、一个超市、一个银行，拼凑出全镇最繁华的一条街。他认为小镇比城市更适合孩子，和动物一起长大是种幸福。"我爸，我爷爷，我爷爷的爸，都是这里人。大城市让我不舒服，我根本不属于那里。"

大雪纷飞的一号公路上，不戴手套捧着相机，不到一分钟手指冻得发紫。沿途经过一家小小的咖啡馆，同路的游客为求一杯热巧克力而停下车，我也跟着逃命似的往里跑。小店老板胡须花白，他的英文很流利，我们喝着梦寐以求的热巧克力，和他聊天。他说他来自这个冷清的村庄，一生都是养马人，农场有三百匹冰岛马。

我问他，不向往大城市的生活吗？他反问，在家能过上想要的生活，为什么要出去？他喜欢养马，不过也不总待在村里，常常收到邀请，带着马去世界各地参加比赛；偶尔出门探望他的孩子们，他们长大以后都出去了，有的去了雷克雅未克，有的去了挪威，还有的在芬兰。"但每次不会离开很久，我的马需要我。"

我好奇一直住在这样偏僻寂静的地方会不会无聊，他说不会。"坐在这个小屋看窗外，一年四季风景都在变化。"他拿出手机给我看他拍的照片。同一扇窗，同样的位置，同样的角度，夏夜阳光，漫山遍野的花，冬日大雪纷飞，极光灿烂。

一辈子生活在冰岛小镇，他很满足

他又骄傲地拿出一本摄影册，封面是冰岛常见的阴天，荒野上有一匹马。翻出其中一页，他说："瞧，这是我的好朋友，村里最厉害的赛马手，凡是他参加过的世界比赛，他总是冠军。"

或许自由不在于生活在哪里，更重要的是能有机会去做喜欢的事情。身边是喜欢的人，哪怕身处地狱也能活出天堂的滋味。同样的，即使生活在天堂，被厌恶的人包围，做着没找到意义又没有热情的事情，这样的生活，天堂也成了煎熬吧。

· 5 ·

一对在冰河湖遇见的情侣，让我发现了在人群中获得自由的可能性——找到另一半，成全彼此的自由。

那天乌云滚滚，大风呼啸，气温低于 0℃的冰河湖旁，在身穿羽绒服和冲锋衣仍然瑟瑟发抖的游客中，有个亚洲女人显得突兀——黑色无袖连衣裙，搭配红色高跟鞋。她身旁的亚洲男人也格格不入——一身单薄的黑色西装，打了领结。

站在冰河湖岸边，他们旁若无人地自拍。男人掌心握了枚小小的相机遥控，大喊"三——二——一"。两个人手拉手，

自拍婚纱照的香港情侣

面对镜头蹦蹦跳跳，爆出一阵笑声。为了确保三脚架不被风吹跑，挂钩上吊了登山包。

一组照片拍完，女人奔回车里，披上冲锋衣，不停揉搓双手，肩膀颤抖。我问他们这一路都是自己给自己拍照吗，她说是的。"只有我们两个，租了辆车，在冰岛待三个星期。"我问是不是度蜜月，她说不算是，马上要结婚了，男朋友喜欢拍照，她喜欢冰岛，所以决定飞来这里自拍一组照片，特地带了五套婚纱。

她说这次拍的照片暂时不能公开，我好奇地问她怎么回事。她告诉我，她和男友是同事，在香港机场的管制塔工作，同事都知道他们在一起，不过专程来冰岛拍婚纱照这件事，他们谁都没说，连家人也不知道。"我们请了年假，秘密来到冰岛。这些照片会在婚礼上公布，让大家惊喜一下。"

虽然已经冻僵了，但说起这个秘密计划，女人笑得暖洋洋。她从冲锋衣口袋拿出手机，给我看照片，冰岛小镇的教堂门口，她穿一身雪白古董婚纱，裙角在风中飞舞。

男人加入了我们的聊天。他说平时喜欢拍照和研究相机，一直以来的梦想是和心爱的人租一辆车，一边环游世界，一边自拍婚纱照。他搂住她，说道："我们计划以后每年都去一个新的地方，等有了孩子，租一辆更大的车，继续带上婚纱。

她很疯狂，我也很疯狂，我们实现了彼此的梦想。"

·6·

也有想要一了百了的时候。闭上眼，往前冲，却拥抱了碧海蓝天。

作为一个对户外运动无感，学生时代体育勉强及格的家伙，我人生中第一次体验的极限运动是滑翔伞，或许也是唯一的一次。想做的动机很简单，为了一个老爷爷，一个我永远也见不到了的老爷爷。

二十六岁那年我离婚了。之前很压抑。对方告诉我，女生二十五岁以后会不断贬值，我应该感激有人愿意和我结婚。对方告诉我，写书没什么了不起的，女生应该找份简单的工作，打扮得漂漂亮亮，下班就回家带孩子。对方告诉我，老家已经很好，想出国上班不是普通人能做的，我这样的人更不可能。

那时我怀孕，没有钱，"交换梦想"用掉了我所有的存款。我更不希望因为我迷迷糊糊的选择，让孩子成长在一个这样的环境中。手术以后，不知该何去何从。那时出版社结算了一笔稿费，我买了一张去冰岛的机票。我和对方说过我很想去冰岛，从来都觉得好遥远。对方说要多看看攻略，多问问别人。我说那我自己去，对方说这个世界对女生来说很危险。

我从来不知道，做一个女生，有那么多要恐惧的事情——年龄大了要恐惧，长得不好看要恐惧，离开家要恐惧。

从小到大，爸爸总和我说，别以为女孩子就有借口，女生和男生一样，都要努力，都要拼一拼。每当我说到这些，他就说我不懂社会，因为我一直在写作，活得不接地气，不知道大家是怎么样的。

也许我真的不懂社会。当我站在冰岛的土地上，我遇到了很多人，我好像不懂社会，但我懂得了世界。我内心的压抑和困惑，一点点，一点点，聊着聊着，得到了解答。

其中有一个很重要的人，我在冰岛南部的维克镇见到的他。他叼着烟。天气很差。我和他说，我在练习拍人像，可不可以给他拍一张。他很爽快地答应了。我问他在做什么，他说在等风小一点，去跳滑翔伞。

他问我多大，我说二十六岁，我觉得自己很老了。他哈哈大笑。

他说他是加拿大人，退休以后，才开始去南非跳滑翔伞，实现他一直以来的愿望。来到冰岛，住在维克镇，跟着教练考滑翔伞执照。

就是这样的一面之缘，给我很大的触动。总在网上看到那些很耸动的言语，什么"要做一个有趣的灵魂"，其实我没有什么感受，真的看多了。但当我亲眼见到了这样的人，才信了。他七十多岁，我二十六岁，和他抱怨年纪实在有点儿过分。

两年后，我二十八岁，接到移民局通知，申请的冰岛技术人才工作签证通过。那一刻我感到不可思议，也感到轻松，为我没有任何报复成功的心态而快乐。因为我放下了那些压抑，因为我想真正为自己的快乐做决定，因为我不需要去说服那个人或者其他任何人，所谓的女生应该怎么样。做了就是做了，做到就是做到。

在我上班的某一天，差不多是到冰岛的三个月后，我在当地新闻看到一条消息，维克镇一名跳伞者当场丧生。点进去，我看到了熟悉的面孔，是那个老爷爷。当天他和往常一样跳滑翔伞，在半空中突发中风，但他还是控制住了伞包，稳稳地着陆。可当他着陆时，已经闭上了眼。

下班后，坐公交车回家，看着车窗外的海边，我有点儿难过，却又想到他的性格，或许他不遗憾，还会说，真浪漫啊。

老实说，直到跳悬崖的一瞬间，我都不知道滑翔伞是什么。我只是想知道，老爷爷最后一眼看的维克镇的大海是什么颜色的。

那天我看到了。是我一辈子都不会忘记的颜色。是自由的颜色。

在半空，教练问我，这感觉棒不棒。

我什么都没有想，脱口而出："活着真好啊！"

我很久没有像个孩子一样，想什么就说什么了。我很久没有像个孩子一样，大喊大叫，那么放肆了。

当我们着陆，教练和我击掌以后，我问他记不记得那个加拿大老爷爷，他说当然记得。说到老爷爷，教练一点儿难过的情绪都没有，还在说老爷爷的糗事，老爷爷刚开始学得很慢，比别人都慢，维克镇的所有人都知道这个老爷爷。

故事说到这儿，我还是不知道自由是什么样子，但那些带给我自由的震撼的人，他们或多或少地，都在我生命里留下了痕迹。

在维克镇玩滑翔伞的加拿大老爷爷

圣诞节时发高烧，一个人在夜晚散步，路过这栋小屋，窗户里的灯光很温馨

no.11　孤独

no.11 孤独

　　我住在冰岛——世界人口密度最低的国家之一。整个国家 10.3 万平方千米，人口 34 万，每平方千米 3 个人。

　　一个外国人，无亲人无朋友，搬来工作，孤独很正常吧。至于能孤独到什么程度，或许很多人对此感到好奇。我翻开了这一年来写的日记，整理那些孤独时刻。或许当时情绪强烈，但现在回头看，有些让我发笑，毕竟在外生存，谁没有些孤独的小挫败和小情绪呢！

· 1 ·

　　交朋友这件事，不是没努力过，也曾试着多出门。那天下班，正式迈出第一步，去了酒吧，坐在吧台要了杯啤酒。在这个游客比本地人多得多的国家，接下去三小时，我成了身旁两个美国游客的冰岛自驾线路顾问。

独居冰岛的一年

听说冰岛人周末凌晨才在酒吧出没，那天半夜，我开了瓶酒，度数高的那种，一口一口往嘴里灌，直到晕了才出门。去酒吧一看，果然全是人，群魔乱舞。转一圈走出来，手足无措，站在门口低头假装看手机，翻了好几遍联系人，一个能说话的人也没有。硬生生站了一小时，淋了雨，眼线花了，风吹得酒醒。回家看到镜子里的面孔觉得陌生，特傻，把妆卸得干干净净，热了一杯牛奶。

换个策略，找老奶奶织冰岛毛衣。拿起针棒和毛线，去了一个自称冰岛编织联盟的毛衣店。看到店员时我两眼放光，问平时有没有聚会织毛衣的活动，店员说没有，老奶奶都喜欢一个人在家边看电视边织毛衣。我不依不饶，问要是想学织冰岛毛衣可以去哪里，好心的店员拿来一张纸，写下自学的网站和书单。

一鼓作气，再而衰，三而竭，我放弃了出门"勾搭"陌生人这件事。

· 2 ·

孤独使我上网交友，用的头像是托宁湖边的石头人，年龄填了九十九。大部分人在网上似乎志不在交友，不和我这

　　托宁湖边，市政厅门口的"石头人"雕塑，讽刺那些提着
公文包上班的政府官员没带脑子，和石头一样

个"石头人"聊天。唯独有个在冰岛的比利时摄影师，陪我说了一天话。他说他曾经要去中国深圳工作，但看了地图发现深圳离比利时太远，远到他没法想象，去那里不懂语言，不懂饮食，不懂文化，怕没法生存，交不到朋友，因此他放弃了，选择来不远的冰岛。第二天以后，我们相忘于江湖，再也没聊过天。

上班面对电脑长时间沉默，下班锁门一个人在住所，总有忍不了的时候，唯一的发泄，是深夜披上外套出门，哪怕看看路边的猫也好。院子门口出现过狗屎，第一反应不是生气，而是觉得好玩。有一阵还天天蹲在地上，观察狗屎下雪后冻住，天气突然转暖又炸裂的过程。

屋里突然闯进一只猫的那次，我开心了一晚上。第二天到公司，放下包，看了看四周，大家都戴着耳机在电脑前噼里啪啦打字，我也戴上我的耳机，深呼吸，不知道能和谁分享这份喜悦。

· 3 ·

办公室新来一个同事，刚接触，发现她在波兰是作家，喜欢写非虚构文学。她找了一群生活在冰岛的作家朋友，邀请我周末加入他们，开车去西峡湾的废弃农场，听农场主的故事。那星期我走路带风，说话总在笑，觉得在冰岛终于有了组织。出发那天，行囊备齐，随时拎包出发，但手机一直没响。星期一见到波兰同事，我没生气，也什么都不问。总觉得大家在外漂泊，谁也没必要对谁好，也没必要苛求别人一定说到做到。

对他人越来越没要求，没要求也就无从失望，这是孤独状态中的一种自我保护吧。有一回，和人约好见面，我站在大教堂门口等了两个小时，她说临时有事不来了，我只说，没关系，正好在外面吹吹风。第二次，这人如约来了，我们一边散步一边聊天，十五分钟后她又说有事，我说我也有安排，你去忙吧。自己一个人接着散步，绕了城市一圈。

一个人久了，把世界想得很糟，别人对自己好一点点都会觉得意外，并且记得很久。下午公司开完会，忙碌了一阵，不知不觉到了下班时间。回家路上开始下雨，沿着海边走，隐隐约约听到有人叫我，穿橘色工作服的三个修路工人指了指我脚下。原来从办公室出来，匆忙摘下的耳机没有塞进口袋，挂在边缘。我咕哝了声谢谢，把耳机放到包里，继续往前走，没再回头，心里惭愧，应该大声说谢谢的。

在公路边看到的农场，没有邻居，一栋孤独小屋，依山傍海，冬天该有多宁静

· 4 ·

　　孤独的人看每个人都觉得孤独。车站等车，一个东南亚模样的男孩，还有一个法国女孩，他们在聊天，聊各自的生活。男孩说他一个人在冰岛生活，如果不上课，凌晨 4 点就要去打工的地方，一天漫长，下班就是一天的结束，回家只有睡觉。上车前我又回头看了一眼这男孩，阳光下，连他的影子都显得孤独。

公司福利包括每个月的手机话费和网络费，财务部同事抱歉地告知，我所属的电话运营商无法加入公司系统报销，方不方便换号码，如果要通知的亲戚朋友太多，会再想办法。我赶紧说没关系。这个号码是刚搬到冰岛那天在机场买的，打本地电话免费，来这儿三星期了，通话记录仍然是零小时零分零秒。

出门走在冰岛空旷的街上，难得遇到人。遇到人会感到不适应，甚至想逃。散步时迎面有人遛狗，朝我靠近，我赶紧过马路，换条道走。坐在托宁湖边的长椅看天鹅，有人在身旁坐下，我触电一样站起离开。一个人去餐厅，喜欢角落的座位。在主街遇到认识的人和他们的朋友，总会尴尬，宁可躲开走一条远路。

· 5 ·

一个人去电影院看电影时会化妆，穿漂亮裙子，买一盒爆米花，坐在黑暗里，一直到散场，人都走了，屏幕黑了，才最后一个起身离开。也会在家看电影，关了所有灯，拉上窗帘，看节奏很慢的电影。再荒诞的情节，再做作的爱情，都有耐心看到结束，跟着主人公又哭又笑，像个傻子。

独居冰岛的一年

圣诞节假期第一天，发高烧，没胃口，也没力气做饭，吃了药，整个人过敏，脸像气球一样肿。不知道怎么去医院，也不知道圣诞节医院开不开，更不知道能问谁，躺在床上，不断喝水，不断跑厕所。平安夜，窗外飘雪，裹上厚外套，穿了三条裤子，用围巾包住猪头一样的脸，出门散了很远的步，商店餐馆都关了，一路走到海边。这时是冰岛一年中极夜最长的那些天，又冷又黑。回到家，白米饭上浇开水，就着榨菜吃了，开一罐菠萝罐头庆祝。祸不单行，第二天发现对菠萝也过敏，嘴唇肿得性感。

· 6 ·

习惯孤独以后，身边有人反而更孤独。公司午餐，我总自带饭盒，默默走去微波炉加热，加热的一分二十秒，站在微波炉前感到尴尬，久而久之，即使那么短的时间我也会回到座位工作。端着饭盒坐在同事中间，厌倦了为了合群说不想说的话，低头沉默是孤独者最舒服的姿势。午饭后大家仍然坐在饭桌前聊八卦，我拿走饭盒，把自己带来的勺子洗干净，回到座位，四周空荡荡，戴上耳机进入隔绝状态。

新年的时候，国内朋友来探望，和我住一起，第二天我便不适应。屋里多了一个大活人，说话怕打扰，不说话又不礼貌，坐立不安，转身不小心撞个满怀。跨年夜请朋友去餐厅吃饭，坦诚对朋友说不习惯突然身边有人，说完朋友连夜找了酒店，还不断对我说能理解。朋友搬出去后我立刻后悔，越孤独，越不会和别人相处了。

倒计时那天，我一个人去了大教堂。路封了，游客和当地人都等在那里，难得的热闹，到处是烟花，三百六十度环绕，此起彼伏，天空亮得就算有极光也看不到。人群里，我举起手机，和爸妈视频，给他们看烟花，中国早已开始新年的第一天。烟花最灿烂的时候，周围人拥抱亲吻，我和爸妈说新年快乐，然后关了视频，沿主街下坡走回家。空气中到处是烟雾，引得一阵剧烈咳嗽。想和朋友说抱歉，却又不知道这抱歉意味着什么，如果时光回到几小时前，还是会坦诚说出当时所想吧，也许我没救了。

一个人在外面，最难度过的是周末。让自己忙碌，大概是缓解孤独的最佳方式。我报名了红十字会，有个项目是一

跨年夜，雷克雅未克大教堂前的焰火，难得的热闹氛围

对一陪伴在冰岛独自生活的人，主要是独居老人，和他们一起打打牌，说说话，去咖啡馆坐坐，逛逛主街。报名以后，我没车，独居老人又很少住在我住的主街地区，红十字负责人没能找到我可以帮助的人，只好推荐我星期天去市中心主街旁的红十字小白楼。

每周日下午，那里是开放屋，让社会隔离者可以有个地方去。这些人有的精神出问题长期吃药控制，有的曾酗酒但得到改善，有的有智力缺陷。每次两名工作人员，主要任务是做咖啡、烤华夫饼、打鲜奶油，还有记录每个来的人的名字，以及开门锁门。

拿到报名表格后，我把能填的每个星期天都写了自己的名字，后来因为一直去，负责人干脆把那栋楼的大门钥匙给了我。负责人怕我压力大，和我说不需要周周都来。我说我很喜欢星期天整个下午在那里度过，因为每个星期在红十字会是我最开朗、说话最多的时间。我不觉得这些人有多异样，他们每次进屋都会叫我名字，和我说你好。这里的人放屁大声，打嗝用力，想到了什么说什么，找我做事情从来不说谢谢，但会给我拥抱。红十字会让我去照顾这群人，我却感觉我才是得到陪伴的人。

印象最深的冰岛人叫赫玛，起初不常来，自从那天他和"冰

红十字会的工作人员证

岛棋王"下了一盘国际象棋，我在一边津津有味地观赛，他看我对象棋有强烈的学习欲，再差的天气，都会带着象棋入门书，在一片暴风雪中出现在小白楼的门口。我问他为什么对象棋那么着迷，他说年轻时把所有时间都用在研究象棋上，因为象棋不存在运气，不存在直觉，每一步都要动脑。世界上许多事情不像象棋那样，因此象棋是他的一片纯粹天地。

这个开放小屋的项目从秋天 10 月开始，在春天 3 月底结束。那时我刚好也递交了那份办公室工作的辞职信，其中一位我服务的冰岛老爷爷听说了这件事，帮我找到了红十字会的负责人，给我写了一封冰岛语的工作推荐信。

· 8 ·

孤独久了，做孤独的事情也会找到乐趣。坐在草堆上，低头找四叶草，有一种不稀罕远处的大海，专注在脚下的充实感。大概，世界上有很多新奇热闹的事情，但当你找到了一件有意义的小事时，能够获得整个宇宙的心安吧。

孤单代表一种稳定。在租来的小屋，烧开热水，玫瑰花六颗，扔进保温杯，拧杯盖时感到安全。睡前洗澡，全身涂抹润肤乳，涂得很慢，很认真，抹在坐出的一条肚子褶皱上，抹在冬季困在暖气房、缺乏运动的干燥腿关节上，抹完以后倒头就睡。醒来已是第二天，黑眼圈变淡了，早晨准点大便，身体畅通。偶尔凌晨自然醒，出门坐在大教堂前的椅子上，朝阳染红教堂周围的云朵，远处的海岸线融化在了晨光中。

常常做梦，全是有情绪的梦，醒来还能清晰记得，甚至分不清现实和梦境。刚来冰岛，昼短夜长，做过一个最孤独的梦。我在冰河湖边，住在一栋姜黄色小屋，尖顶，有烟囱，木柴烧起来噼里啪啦响。我邀请了这一生遇到的所有人来做客，和每个人都回忆了过去在一起的情节，大笑不止，化解了误会，快意了恩仇。派对结束，大家离开，我和每个人单独告别，根据亲疏程度，先告别一面之缘的人，接着是走过一段路的同伴，越到最后，越是无法告别的人，想要洒脱地笑，眼里却泪光闪闪，胸口发疼。终于大家都走了，我关上门，把自己反锁在家，看着窗外的冰河湖。这时闹钟响了，睁开眼，有光透过窗帘照在天花板上。醒来难受，还要上班。

· 9 ·

孤独这件事太主观，动笔前犹豫过，读的人如果没有同样心境、类似经历，便无法感同身受。最终仍然写下这些，希望同样离家生活的人，能获得些许慰藉和共鸣，能在看到我的这些孤独傻事后，释怀一笑。

不管怎样，孤独的人，也许因为孤独，还是会得到一些孤独的奖励吧！

巨大冰山中穿梭的小船，远处是瓦特纳冰川

幸运四叶草

阿尔纳斯塔皮小镇，位于斯奈山半岛，这是第一次
见到画面中的小屋拍下的照片，后来每次去，都会给小
屋拍张照，成了习惯

钻石沙滩堆满了冰块，有的比人还高

no.12

独居冰岛一年，
我的改变

no.12 独居冰岛一年，我的改变

　　回头看在冰岛的一年生活，我的改变何止以下这些。平凡的我，幸运地来到冰岛定居，像爱丽丝进入了奇幻世界，姑且写下这些能强烈感受到的个人改变，有生活习惯上的，也有观念上的，作为记录。

· 1 ·

　　倒时差反了过来。现在长期在冰岛，回国成了匆忙的停留。走在飞机廊桥，第一口家乡的空气特别甜，第二天醒来，意识到回国了，特别激动，早早起床，挂念的油条豆浆千层饼皮蛋瘦肉粥在等着我，时差很快调过来。反而是回了冰岛，想到要恢复朝九晚五的上班族生活，没精打采，夜晚睡不着，白天晕乎乎。

· 2 ·

失去对夏天的想象力。经过了一整年穿羽绒服的四季，我对夏天感到陌生，幸好冰岛室内时时刻刻有暖气，天冷连虫子也不怎么见。期间去过西班牙南部的格拉纳达旅行，穿上久违的小花裙，光着腿，没了秋裤，非常缺乏安全感。

或许因为在冰岛时长期待在暖气房里，一出门旅游吹了冷气总会病倒，身边人去热带也有类似症状。兴许是中了"暖气的诅咒"，大太阳下竟有些心烦，街道边散发着食物腐坏的气味，苍蝇、蚊子和不知名的昆虫到处爬来爬去，这时想赶快回冰岛，过冷冷清清的苦日子。

· 3 ·

以前不喜欢的食物在冰岛也变得特别好吃。冰岛没有中国超市，只有东南亚人开的亚洲超市，能买到的中国食物少，价格贵。人在异乡，每当五脏庙闹饥荒，脑子里会突然冒出些小时候吃过的食物名称，久久无法离去，有一阵特别想吃四喜烤麸，也有一阵特别想吃咸菜肉丝。哪怕以前不怎么爱吃的食物，瓜子花生辣条八宝粥，红枣绿豆泡面咸鸭蛋，在冰岛见了都会如获至宝。

回国一趟，临走打包了整整一个行李箱的食物。机场工作人员说超重一千克罚款，只好当着她的面掏出了一个又一个真空包装的肉粽，再掏出萨其马，恋恋不舍。

· 4 ·

　　变胖是举手之劳。有一天吃午饭时讨论，发现大部分外国同事原本清瘦，生活在冰岛一个个都胖了，当然我也不例外，体重达到了有生以来的新高度。本以为在冰岛这样匮乏的国度，吃不到吃不好又吃不起，估计会瘦如火柴，没想到事实上胖成了火柴盒。这里的餐厅以汉堡、薯条、比萨为主，一年四季天气糟糕，不得不在家待着，完全不锻炼。至于上班，一旦坐在电脑前，除了吃午饭和上厕所，便永远坐在那儿。这里又冷，常常容易感到饥饿，每次肚子饿会恐慌，担心独自在外，把自己给养死了，一有饿感赶快吃。综合以上，不胖才是奇迹。

　　我本来也以为，离开冰岛去热的地方旅游，会变得没有胃口，然而每每回想起冰岛的萧条，担心回去了再也吃不到，便顿顿吃撑，简直吃到丧心病狂。关键是在冰岛还总穿厚外套和防水裤，看不到身材的走样，便不放在心上，长此以往，一发不可收拾。

住在小木屋里，清晨泡了一杯茶，听不远处的瀑布声

· 5 ·

　　凡是天黑都要抬头看看有没有极光。夏天冰岛不会天黑，只有极昼结束，太阳终于落下，天黑黑的，才看得到星星，也才有机会看得到极光。8月初，德国好友马赛坐半夜的航班，他说飞机上已经能看到极光了。

　　我这个人闲，凡是天黑时，走在冰岛街头都要抬头看看天空，找找极光。这习惯养成以后，哪怕不在冰岛，去了各个地方，夜晚也会盯着夜空看很久，意识到压根儿不会有极光，觉得这习惯还挺浪漫的。

· 6 ·

口渴了喝自来水。在冰岛，打开自来水，冷水可以直接喝。有一天冰岛新闻的头条曝光了一家无良酒店，酒店骗住客，声称自来水不能喝，把瓶装水卖给住客，事实上这些瓶装水就是自来水。这事引起了冰岛人的抱不平，对当地人来说，冰岛的自来水令他们骄傲，因为这可以说是世界上最纯净的饮用水，纯天然无污染，冰岛人都是喝自来水长大的。

我刚搬来时不习惯，也去超市买大瓶的水，房东见了，劝告我不用买，买来的也是自来水，白白浪费钱。后来看冰岛电影，其中一幕令人印象深刻，女主大哭后去了闺蜜家，闺蜜打开自来水，接了一杯递给了女主。

· 7 ·

看别的国家都觉得繁华。坐飞机去各个城市，到达城市上空的第一眼看到的都是密密麻麻的房子，唯独冰岛一片荒凉，什么都没有，真有种到了世界尽头的感觉。如果是在夜晚抵达，黑漆漆的，直到着陆才见到机场跑道的灯。每次旅行都会感慨别的地方太热闹，太繁华，交通太发达。

我记得去伦敦时，下了飞机，朋友因为错过了地铁抱怨，得知下一班两分钟后到达，我感到不可思议。我清楚记得在冰岛北部小镇，我曾经错过了一天唯一的一班车，不得不临时买机票回雷克雅未克。以前的我也有大城市的快节奏下的那种急性子，错过了公交车便伸手打车，但在雷克雅未克上下班，每隔半小时一班的公交车已经把我磨得没脾气了。

· 8 ·

看别的国家都觉得物价低。适应冰岛的高物价以后，到世界其他地方都不怕贵了，内心特别坚强。同事去度假购物，说出来的都是洋气地方，两小时直飞巴黎，五个半小时直飞纽约。举个例子增加大家对冰岛物价的概念，下馆子吃饭人均人民币五百块钱，租的车如果撞坏了维修费一万块钱起。

因为贵，所以在冰岛活得特别知足，特别基本，回国如同置身天堂，叫外卖点双份，拆快递拆到手酸，会在一瞬间怀疑自己怎么在冰岛活下来的。

· 9 ·

活得和村里人一样。回到老家，穿防水裤和棉衣，扎一个粗糙的马尾辫走在街头，会感到无形的压力，过了两天很

雷克雅未克的街头

另一只邻居家的猫

快回归城市人，换上当季连衣裙、修身的牛仔外套。我突然意识到，即使雷克雅未克是冰岛唯一的城市，也始终有股挥散不去的乡村味，在这里生活久了，和村里人一样，大家都艰苦朴素，店铺稀少，怎么实用怎么打扮。

冰岛常年刮风下雨，精心打理的头发，一出门全毁了。高跟鞋、紧身裙、细肩带，这些时尚的东西在冰岛像个笑话，充满自虐。睡衣睡裤在冰岛是最实用的穿着，晨兴上班去，戴月家里待，特别是冬天，天气糟糕，没法出门。别人问雷克雅未克玩一天够不够，我总斩钉截铁地回答，绝对够。这里小小的，市中心只是一条街，简直是个村庄，出门总能遇到认识的人。

· 10 ·

不会轻易说自己生活在冰岛。我的微信地点没有改为冰岛，一直都是老家。虽然接地气地活在冰岛，赚钱吃饭，但说自己生活在冰岛这件事，开了口总感到飘乎乎的。回国时去以前常去的理发店，惊喜地发现它居然没倒闭，还开了分店，涨价了，洗头、按摩加理发四十块钱，也不过刚够在冰岛吃一个热狗。遇到熟悉的洗头小妹，她问我这段时间怎么不来，我感觉说去了冰岛像在撒谎，只好说是"北漂"去了。

因为冰岛太小众，身边的亚洲同事想注册淘宝账号，但注册时找不到"冰岛"的国家选项，填不了手机号码。去找客服投诉，投诉要选择手机号码归属地，还是没有"冰岛"选项。他至今没有淘宝账号，至今没能成功投诉。

· 11 ·

遇到名人却不当一回事。在冰岛遇到名人是一件容易的事情，每个冰岛人都可以说出一段和名人偶遇的故事。最近的一次是和朋友去游泳池锻炼，碰巧遇到了学校上课，不得不和别人用同一条泳道。当我们打算离开，和我们分享泳道的人摘下游泳眼镜，抹了一把脸上的水，和我们说可以再等等，学校训练还有五分钟结束。后来我们泡露天温泉的时候，朋友告诉我，这个好心人其实是冰岛的游泳冠军，代表冰岛参加奥运会。我激动地说，既然认出来怎么不去握个手，或者问点儿游泳心得？朋友说，这样不太好，这是她的个人时间，她也有权利过不被打扰的生活。

在市政厅遇到市长很多次，常常在电视上见到他，觉得很帅，现实中看到，真人也是帅帅的大叔。市长和大家一样，排队自助取食物，坐在市政厅食堂的前排，吃完以后把盘里的垃圾倒掉，归还餐盘。大家都是自顾自地吃饭，没有人去打扰市长，更没有人上前索要签名或合照。也有同事在游泳池遇到冰岛总统。根据冰岛游泳池的规定，大家都要洗澡后才能穿泳衣去水池，因此同事见到的应该还是光屁股的总统。

难怪许多欧美的大明星都喜欢来冰岛度假，在这里可以享受普通人的自由。大概是太容易在生活中遇到名人，从而发现名人也是人，渐渐的，我也对遇到名人不那么在意了。在冰岛可以明显感觉到，大家不喜欢太把自己当作名人的人。对于自以为是的人，冰岛人会觉得就算有名气，就算很厉害，都没什么大不了的，始终会有更有名、更厉害的人。

除了这些，这一年我也学会了直言直语，拒绝时毫不客气；注重健康，生活作息稳定，睡眠增多；与人交往不麻烦他人，不占便宜，算得清清楚楚，宁可吃亏也会认为是买到了心安理得；不容易受伤，接受没人有义务提供帮助这个大前提，因此常常获得额外的温情；对于误解不再辩驳，但凡表达总有误解；越来越喜欢具体的生活，用眼去看，用心感受。

· 12 ·

二十八岁这一年，现在看来，没有太多回忆。静悄悄的，什么都没发生。打开日记，只有具体的生活。虽然自由，却常常不安：这一切都是架空的。总有一天，会后悔吧：我还

夏天的教会山（Kirkjufell），这座山像草帽，所以绰号是"草帽山"

年轻，却过上了死气沉沉的日子。

独居，那然后呢？

独居一年，如同按下暂停键，进行一次大清理。自私地活着，害怕受伤害而冷眼旁观，不愿冒险，不再分享时间，最后得到的，不过是一份具体的生活。这一年，和世界的联结变淡了，淡到互相遗忘，以至于有了和世界失联的错觉。生活平静，梦里却心跳起落，混乱了白天和做梦的夜晚，不知哪个才是真的。一个人隔离久了，对世界也丧失了参与感。身为人，怎能无牵无挂，总有一天父母老去，总有一天要去承担，总有一天会结婚生子。但人又总要为自己活那么几年，或者能有这样的一年，自由自在，像羽毛一样孤单飘零，内心却是安定平静，足够了。

独居，那然后呢？现在我的回答是，回归人群。

在冰岛的第二年，虽然故事不多，却翻天覆地，是完全不同的经历。要说最大的感受，便是时间。独居的时候，时间都是自己的。当我回到人群，便不再拥有所有的时间，其中一部分交给了他人。伤害在所难免，但相对而言，拥抱这个世界的收获却多得多。独居不是终点，而是中转站。诚如开篇所说："独居的一年，我才知道，原来一个人在最绝望的时候，不是死掉，而是重新开始。"我成长了，变得更坚强，更透彻。回归人群后，那种再次掌握自己人生的愉悦，实在无与伦比。

这次的主题是独居，第二年的那些故事，等未来分享吧。

所谓故事，正是彼此愿意交付时间，全心投入一段感情，亲情如是，爱情如是，友情亦如是。掏心掏肺，分享情绪，由此产生的每一次交集，便是故事，便是活着，便组成了人生。这正是时间的礼物。

冬日的街头，静静的，很沉稳

6 月在冰岛可以见到漫山遍野的鲁冰花

在雷克雅未克，抬头望去，总能看到不同角度的大教堂

我为什么决定来到冰岛工作

我为什么决定来到冰岛工作

（写于 2017 年 4 月）

　　来到冰岛工作，已是第二个月。我是独自来这里上班的，没有认识的人，倒很享受"人离乡贱"的自由。对于写作者，也许最好的去处该是当地渔船，和北极圈渔民们居住在冷清小镇；或是去到雷克雅未克港口，在热闹非凡的酒吧当调酒师，每天与有故事的人倾谈。

　　做梦归做梦，事实上，我选择的生活完全相反，甚至说来可能无趣。我在一家冰岛公司的国际部门工作，是一名朝九晚五的上班族，哪里赚钱多，我就去哪里。住在雷克雅未克，每天乘坐同一班公交车，前往看起来有些萧条的 CBD，办公室窗外是雪山与大西洋。

　　从中国搬来冰岛，在公司协助下，申请技术人才工作签证，每年续签，一直到第四年，可以换取冰岛永久居民的身份。关于未来，我尚无确切的打算。

2016 年冬天，结束长达四年的采访项目，全职作家的生活终于使我疲惫。我休息的方式是去投递简历、面试工作。在这一系列的过程中，我没有犹豫，反倒是真的坐上飞机后，起飞的一瞬间，泪如雨下。

看着窗外自己出生长大的家乡越来越小，越来越远，我怕了——不知道等待我的会是什么。虽然曾经在欧洲生活过，但也仅是短暂来此留学，那时的我十九岁，无知者无畏，我的内心相信很多事情。而为了生存独自去一个陌生地方，前路茫茫，此刻的我二十八岁，因为知道世界很大，才感到害怕，我的内心不相信的事情有太多。

挥别过往，从零起步，在全新的地方开始生活，根本没有那么容易。身边有的朋友曾在欧洲拼搏多年，最终选择回国，原因是认为在中国的发展更好，物质条件和服务也更好，另外，父母所拥有的资源能够为事业及生活带来便利。我能够理解。那么，为什么我理解后，仍然决定来到冰岛？

现在是我来到冰岛全职工作的第二个月，没有了刚投递简历收到面试机会时的激动，没有了等待签证下放关于未来的信誓旦旦，也没有了刚到冰岛第一天去移民局报到的不知所措。在漫长冒险开始前，我想写一写我决定来到冰岛工作的原因。

也许听起来有些奇怪：为了喘息。辞职后的整整四年，做喜欢的事情，并且成为事业，当个人生活和社会角色成为一体，压力巨大，收获也是巨大——一本一本书出版，拥有作品，从内心产生满足感。回头看走过的路，见过的人，青春没有虚度。在完成作品之后，我发现梦想无力支撑我的生活，于是我转身，去上班。目前我想要的，不过是好好工作，做一个好同事、好下属；开心下班，拥有三五个交心好友；衣食无忧，每个月有稳定的收入，充足的睡眠，告别这些年的焦虑和黑眼圈。

冰岛，是一个隐喻大过自身的存在，位于世界的角落，很少被提及。人类在这里留下踪迹的历史短暂，更多的是大自然的痕迹，纯粹的、天真的。在心理作用下，我也的确有那么一些渴望，渴望生活在纯粹天真的环境中。从小到大，我不是一个合群的人，常常因为敏感而受到伤害。来到冰岛，我可以放肆生活在自己构建的精神理想国之中。没有人认识我，我不认识任何人；所有人是我眼里的远方陌生人，我同时也是所有人眼中的远方陌生人，我们成全彼此的距离。作为一个自由的人，存在着。

独居冰岛的一年

　　我不再被自己社会的文化传统所保护和绑架，我也不会被异乡的文化所管辖。这个年纪，作为女性，即使我没有任何排斥结婚和生养孩子的意愿，甚至非常向往，但没遇到终究是没遇到，事业可以拼搏，爱情却需要运气。我不过是个运气差的倒霉蛋。在这样的状况下，我不要只是为了合群而相亲再婚，将人生很看重的事情草率解决，我接受我的状态，无所牵挂，不需要为任何人负责，或者说，选择逃走。去一个社会环境更宽容，去一个无人关心我的地方，去过一种能够控制节奏的生活。即使是个倒霉蛋，也要做一个永远对明天充满希望的倒霉蛋。

　　中学的时候，我喜欢抬头看飞机，幻想自己去很远、远到不能想象的地方生活。那时的我很孤独，渴望有一个地方接纳我，渴望有一个地方没有伤害，没有被迫接受的改变。后来，我去了一个又一个的地方生活，一次又一次清零，看到了具有不同可能的自己，在不同的可能之中找到了最像自己的自己。选择来到冰岛长期生活，我想这个梦想算是成真了，到达了从来没有想到的那么远的地方。我好奇，想知道我和冰岛之间会拥有怎样的交集和故事。我也想看看未来在这里的我，又是什么模样。我知道我必须付出同等的代价，我愿意为这些代价买单。

二十岁出头的时候，我喊叫梦想。在二十岁的尾巴，我诚实地拥抱物质的微弱温度，我要获得更多物质带来的切实的安全感。我的二十八岁生日在冰岛度过了，我没有感到年龄带来的沉重，而是仿佛回到了十八岁，并且是更丰富、更坚定的十八岁。在经历了那么多事情以后，回到原点，像是有了重新活一遍十八岁的机会。人生又有多少这样的可能，去将过往一切删除，活在一个全新的环境里呢？我很珍惜。

我租了一间不错的公寓，下班后没有压力地写作，做自己喜欢的饭菜，常常能接父母来一起冒险。我拥有最大程度的自由，选择我要的朋友，尝试新的爱好。对于写作，对于阅读，因为冰岛冷清，我可以安静地朝着作家的路一步步走下去。在这里，我可以享受最大程度的自由，一种远离我自己文化的舒服，一种远离冰岛文化的管辖，我拥有我自己的节奏。

二十八岁，我曾经惧怕的年纪，我以为我会在传统与合群的痛苦中失去自我。在听不见声音的时间的咀嚼中，被吞噬。

每一天醒来，睁开眼，我放心了。我在我选择的冰岛，我在我选择的公寓，听着教堂钟声，做我想吃的饭，把房间布置成我喜欢的模样，结交和我有共同语言的朋友，去我选择的公司做一个普普通通、简简单单的上班族。照镜子时，可以感受到，我长得越来越像自己。

　　我拥有了十八岁那年向往的财务自由，并且也给予了父母一份安心。我知道这一路我所付出的，以及接下去我仍然需要付出的，但是我心甘情愿。

一些想说的

一些想说的

关于体验

这世界有人收集名牌包，有人热衷名利场，有人享受粗茶淡饭，也有人隐居桃花源，我同样有我的痴迷：对另一种可能的生活，从小怀有强烈到无法抑制的向往。当然有时经历以后大呼上当，发现是想多了，真实未必比幻想有趣，不过是对世界的好奇心和小时候一样，一直没变。幸好大部分时候得益于此，经历时会有一份自觉，这份自觉带来了更敏锐的触感。放大了体验，消化得更细致，一生如同经历几番人生。

记得刚来冰岛的前三个月，周末午睡醒来会怀疑自己在哪里，不相信是在冰岛。到了第六个月，偶尔迷惑自己真的在冰岛长期生活了吗。十个月时，渐渐稳定和确认。上班等车时看旅游巴士接人，开启一日游或七天环岛旅程，即使到了第三年的如今，当我与车上的游客对视，依然感到有趣。

有一个征集，让每个去过冰岛的人说说一定要带的东西，许多人投票给手表，因为极昼极夜会丧失对时间的控制感。在冰岛可以看很久的日出日落，夏天日落以后很快日出，冬天日出以后很快日落，天空常常是马卡龙一样的粉蓝粉红。

不知从何时开始，旅行不再令我心动，但去一个陌生地方居住，挣扎生存，留下些印迹，改变些性格，光是想想，全身细胞都活了过来。我好奇在冰岛上班，朝九晚五的生活是怎样的体验。我好奇黑黑的白天怎么度过，天亮的黑夜又怎样度过。我好奇夏天如果不睡觉，走在午夜阳光的街上是什么感觉。我好奇漫长寒冬的暴风雪夜，极光满天时躺在草坪上是什么感受。当夏季阳光持久照耀，不再有天黑，会不会因为阳光太多，亢奋到失眠？到冬季一片漆黑，大雪纷纷，极光飞舞，可以抑郁到什么程度？会不会到处下雪？会不会太安静？会不会想冬眠？

搬到冰岛的第一年，遇到种种困难，难免产生想回家的念头，每次支撑自己留下来的理由倒是天真：至少住满一年，体验一次完整的极昼，再体验一次完整的极夜，充分感知冰岛的四季更迭。

我总认为，每一段体验，成了我之所以是我的一部分。

关于冷漠

我活得越来越务实，也越来越冷漠，但并不讨厌这样的自己，因此想写下来，分析变冷漠的原因。

十八岁时，全身有使不完的劲，用不完的爱。想和这个世界有千丝万缕的联系，心肠热得发烫。过了些年，发现人生是一场倒计时，要做减法了，分秒必争，没时间不做自己。没有了自我的人，灵魂会越来越淡。于是发现冷漠的好处，学着拒绝，学着顽固，少在乎别人的想法，反正世上有那么多路，有无止境的选择，有形形色色的人，没必要委屈。

来到冰岛对接下去的生活有期待：跑那么远，无非是为了逃避，想过安静日子。

热情和冰岛人不太相干，冰岛人简直是南美洲人的反义词，每个人在冰岛都不想被打扰，每个人在冰岛都不会太热络。冰岛人的确如外界所说的助人为乐，但仅仅到此为止，不容易接近。接近了又怎样，很快又陌生了。工作上，和同事保持不远不近的关系。下班后，与外界虽然友好，但内心封闭。原本自暴自弃地隔绝，却发现大家都在隔绝，一不小心，反而因此融入，舒舒服服地隔绝着。那些在冰岛的人，每个人似乎都不属于人群。很多事情听起来有些孤独，比如在无人的河边独自垂钓，在无人的高地独自骑车，在无人的山谷独自跑步，或者徒步到山顶发呆。

越来越沉默，这也算是冷漠的一种吧。曾经可以什么都分享，什么都说，现在不再如此。搬到冰岛生活，突然成了一个标签，好像我占了便宜，受到了关注。但生活到哪里都是类似的，在冰岛也有要面对的困难，只是不知道该怎么抱怨。深夜一边抹眼泪，一边走在黑漆漆的大街上，也是有过的。成年人都是把眼泪咽下去，活下去。

还没有说冰岛的坏话。首先是因为说出来也没人帮我，那为什么要说，说了只会让自己陷入坏情绪，对于解决事情没有帮助。其次，人和人是注定无法真正感同身受的，最重要的是，没有人逼我来这里，是我选择了冰岛。我才刚来三年，有不喜欢的事情很正常，又不是在这里长大的，很可能是因为我的能力不够，那我慢慢学，慢慢适应。

然而有意思的是，出于对文字的热爱，我无法彻底成为冷漠的人。或许冷漠不过是层茧，茧牢固以后，再次回到人群时会更强大吧。

关于自由

　　到了冰岛，这里没有我的过去，有没有未来我不在意，重要的是可以把握此刻的自己，不归属任何集体，做一个怪人，没有防备心地活着。

　　做一个怪人并非坏事，你会在奇怪这条道路上遇到和你一样的怪人，相处起来会特别舒服。要是因为大家的指指点点，故意变得不奇怪，那么遇到奇怪的人，你也会试图指指点点，以伤害和侮辱的方式改变别人。哪一种是你想要的、让你开心的呢？我想是前者吧。

　　一个人住的一年，颇有隐居的意味，仿佛与世界失联。隐居是一定程度上的隔绝，和自己好好相处，不讨好别人，我认为这是最基本的隐居心理状态。活到现在，我看到很多人都在为别人活着，许多时候我在想，如果不是为了合群，就不需要浪费生命中那么多的时间了吧。

　　书中虽然写了一篇关于自由的文章，但我没有深入，可能出于对自由的畏惧吧。自由只是一种理想状态，所谓的江河可渡，孤酒可饮。作为要买房、要吃饭、有父母的普通人，实在不太务实，因此我更喜欢——自在。

　　自在是付出代价以后的心安。在不伤害别人，不麻烦别

独居冰岛的一年

人的前提下，用自己的劳动换一口饭吃，支付自己的水电和房租，为每一个决定负责，不依靠别人，别人也不给自己添麻烦，即使产生关联，也是价值的交换与合作。因为有能力对不喜欢的事情说不，所以有选择，有退路，来去自如，面对道德打压，还可以反击，就事论事。

自由往往不顾代价，有些自私，然而自在是在关照了别人之后，更爱自己，享受那种春风十里的状态。早一点睡觉，少一点应酬，少说一点违心话，少做一点莫名浪费时间的事情。代价是失去了与世界的联结，没有人关心你，没有人认为你的开心是重要的，没有人需要你的违心话。拥有这样的生活，才能在一个冷漠的世界里，拥有充分属于自己的时间，做想做的事情，成为想成为的模样。

来到冰岛以后，我获得了这样的自在，对条件和环境都很满足。一份工作，朝九晚五，普通上班族，没有很大压力，做好分内事，也没野心。下班后，时间是自己的，独立存活，冷暖自知，没有应酬，没有社交需求。因此我过上了最理想的一种隐居生活——结庐在人境。过城市生活，离家足够远，社会安全，收入稳定，丰衣足食，父母安心。孤单吗？不孤单，有时还觉得不够冷清。想家吗？不想家，在家更迷茫。

关于我

　　既然觉得中国也很好，为什么要去冰岛？也不是没有回来。回来了，也曾工作过，也曾闯荡过，也曾结婚安稳过，试过了，输了。我发现越长大越认命，一个普通人的生活哪有那么多选择，不过是走一步，看一步。在家有在家的开心和不开心，出去有出去的开心和不开心，既然到哪里都会开心，也会不开心，要是能出去，就先感受下外面的不开心吧，到时候再回家，也算没白活一遭，见识了下世界。

　　作为独生子女，我去冰岛工作，爸妈怎么办？来冰岛时我已二十八岁，经济独立，人格独立，在和父母的关系中找到了平衡点，遇到了事情会一起理性地讨论。最初决定来冰岛工作，确切地说是在通过第一轮面试、准备第二轮面试期间，我用最后的一笔存款买了机票，把爸妈接来冰岛一起在雷克雅未克生活了两个星期。我们一起讨论未来我来冰岛工作这件事，他们并不厌恶这个地方，认为这个选择皆大欢喜。我开心，我爱的人也开心；我爱的人开心，我更开心。

　　如今，我在冰岛有一份工作，有收入，并且遇到了我现在的丈夫，我和爸妈在内心上比以前更接近了，现在和以前信息闭塞不一样，可以随时语音和视频对话。

独居冰岛的一年

　　我越来越频繁地带着爸妈旅游，自己基本上不会出去玩了，要是旅游那么肯定是和爸妈一起。光是在冰岛的第一年，我们就见了三次，不但他们会来冰岛玩，我还会和他们一起去其他欧洲国家徒步和观光。虽然还没有能力让他们坐商务舱、头等舱，毕竟他们年纪大了，长途飞行真的不舒服，但至少我能带他们住舒服的五星级酒店。这也是我在冰岛第一年基本没存到钱的原因——钱都用在给爸妈买机票、订酒店和各种旅游费用上了。

　　将来会一直在冰岛，还是有其他的打算？找冰岛的工作，不过是为了逃离全职写作那些年的失败，既然要赚钱，那么去哪里都一样，钱越多越好。目前，父母仍在上班，身体健康，因此我放心在外面工作，好好存钱。三十岁的目标是在冰岛买房，未来把父母接到冰岛生活，如果他们住了，不喜欢，那我回国从头开始，把房子卖掉的钱至少会带给我底气。如果在我往前奔跑期间，在国内的爸妈需要我照顾，我会立刻回来。

关于看世界

　　那年我在上海广灵二小读小学二年级，我们家住在水电路的老房子里。星期六傍晚，爸爸骑着自行车，我坐在后座。他说一个中文词语，我大声背诵英文单词拼写。他总是很严肃，拼错了，他会骂到我抹眼泪。

有一天，他没有送我去英文补习班，他骑了很远的路，我们背了比往常多了两倍的单词。

他停下车，在亮堂堂的大剧院门口。

我熟练地跳下，不敢傻坐着。爸爸天生急性子，也从不把我当女孩看待。随性、灵活、爽快，如果没做到，他还是会把我骂到抹眼泪。

从藏蓝色粗布工作服的口袋里，他取出一个信封，交给我的时候，他说，里面是今晚交响乐团演出的门票。我"哦"了一声，拿在手里，努力做到虽然惊讶得不知所措，但看起来似乎早已明确。这种性格，埋藏在以后生活的点点滴滴中。

我等了一会儿，他没有下自行车。他坐在高高的座位上，低头看着我，仿佛想多说点话，可他使劲收了回去，只是说，去吧，我就在门口等你，出来了告诉我好不好听。

小孩当然懂父母没有说出口的那些话。如果不是拮据，我应该也会像别的女孩一样，去小店买漂亮的橡皮头绳，而不是早晨由妈妈用红色毛线给我扎马尾辫。

我朝爸爸挥挥手，往大门走去。那个星期语文课学到了一个形容词叫"金碧辉煌"，当通过检票口看到歌剧院里面的模样，我第一时间想到了这个词。在当年小个子的我看来，一切都明亮得晃眼。

我已经不记得我是怎样找到座位的，但我记得我的恐惧。我不记得我是怎样听完演出的，也不记得是哪个乐团的演奏会，但我记得身旁坐着一位阿姨，她带着女儿来的，她问我为什么没有家长带着。

我说，爸爸在门口。

她沉默了一下，然后说，你出去以后，要告诉爸爸很好看。

当我在门口的人群中找到自行车上的爸爸，天已经黑了，路灯的暖黄色照在爸爸总是严肃的脸上，使他看起来温柔了一些。

我刚跨上车，他期待地问，怎么样？

嗯，不错。

我把里面的样子描述给他。

他听得忘记了我们要背单词的老习惯，不断问我细节，我想不起来的，只好自己想象出另一个模样。

不知道多年以后爸爸终于第一回和妈妈一起去听演奏会时，有没有察觉和我描述的不同。其实那时的我根本没有理解为什么那么多人在台上让乐器发出声音，根本没有理解为什么看别人坐在座位上一动不动自己也要一动不动这件事需要花钱买票。

在家里经济最拮据的那些年，爸爸仍然坚持让我补习英文；虽然没有条件学乐器，但爸爸愿意买一张他渴望的交响乐团演出票让我去看。

在雷克雅未克，我带他们去听了一场交响乐演奏会，主题是迪士尼的幻想。现场几乎都是父母带着七八岁的孩子。后排的小男孩跟随音乐和屏幕上的卡通，时而欢笑，时而发出惊恐的低喊。身旁的爸妈听得入神，他们的反应常常和小男孩同步。

我们在餐厅吃饭，服务员向妈妈询问，Is everything ok? 原本在交谈的爸爸妈妈突然懵了，求助地看着我。可能就是在那一瞬间，我又想起了自行车后座的那个小女孩，她被爸爸逼着背诵距离自己生活千百万里远的人们说的语言。

我租车带他们去斯奈山半岛，看看那座大名鼎鼎的教会山。回程路上车胎爆了，爸爸胸有成竹，让我停靠在路边，亮起警示灯。

他撸起衣袖开后备厢，发现租车公司没给备用轮胎。回到座位，爸爸不说话了，眼看着天要黑了，又是荒郊野外。我冷静地拿出手机，致电车行，说了事情经过和大概地点，车行回复会派人来送轮胎。爸爸在边上干着急，我给他解释了很多遍，车行确定会派人过来。

爸妈回国，我送他们去机场，顺便还车，收到额外账单，包括派人来的服务费，以及轮胎费用。当我拿出工资卡刷卡时，爸妈在边上心疼，我安慰他们，虽然这里物价高，但毕竟在冰岛上班，赚冰岛的钱，还是能跟上消费水平，重要的是爆胎没发生在悬崖边上，一家人齐齐整整，没出事，这可省了一大笔钱。

爸爸拍拍我的肩膀说，你这心态好，在外面能照顾好自己，我们就放心了。

在冰岛的凯夫拉维克机场安检口告别，这些年来，难得是我送他们上飞机。

第一次听到爸爸说，走之前咱们抱一个吧。

爸爸小心翼翼，环住了我，在我耳边说："我们帮不到你什么了，勇敢一点儿，撑不下去了就回家。"

坐机场巴士，我一个人回到公寓。妈妈帮我手洗的衣服，她已经叠好放在床上。怕我吃不惯，爸爸带了鱼香肉丝、黄焖鸡米饭、回锅肉的底料，这些真空包装的懒人酱汁都堆在桌上。冰箱里还有妈妈临走前给我做的红烧肉和四喜烤麸。

我拿出锅子，加热了红烧肉，盛了碗米饭。他们来探望，我努力展现冰岛生活的美好和自由，仿佛这是完美的人间天堂，仿佛网上那些渲染北欧是世界上最幸福地方的文章都是真的。然而，爸爸说："我们帮不到你什么了，勇敢一点儿，撑不下去了就回家。"原来我没有说出口的，他都看在眼里。鼻子一酸，伴着眼泪，吃完那顿饭。

也许，生活中的这些小事，如果能以不那么严肃的玩笑口吻说出来，说明已经不那么介意了吧。差点成为家庭主妇的自己，曲曲折折，但走过的路都算数。我去到了我能去的最远的地方，以体面的、独立的方式，我觉得很愉快、很轻松，可又感到肩膀的重量，尝到一丝苦味。

金碧辉煌的世界，你推开门，走了进去，记住看见的每一个模样，为了去告诉在门口等你的人。你在自行车后座大声背诵的每一个单词，有一天成为打开世界大门的钥匙。你在家里吃的每一顿饭，有一天指引你在纷乱的世界中寻回自己。

最后想说的一些话

当我接受了自己的失败，从零开始，时间没有让我停留在伤心中，原本自以为的逃避，反倒成了别人眼中的冒险。意义都是被赋予的吧，所以我学会了少说意义，欣赏行动本

独居冰岛的一年

身的魅力，至少夜晚临睡前，能在日记本里写一句——"今天又是值得活的一天"。

在冰岛的第二年，我过上了和第一年完全不同的生活，更热闹，更丰富，日记有了截然不同的风格，关注的点滴细节也转变了方向。我遇到了一个特殊的冰岛大男孩，如今他是我的丈夫；养了一只调皮但柔软的猫，名叫小虎。我还有了两个无话不说的好朋友——来自南非的希拉和来自德国的马赛，他们和那些来到冰岛的外国人一样，都有鲜明的个性，还有丰富的过去。

我不再在商业公司的写字楼里敲打键盘，辞职后去了雷克雅未克市政厅旅游局，工作内容是每天和世界各地的游客聊天，见到了许多第一年不曾见过的冰岛，有了更多好玩的故事。我喜欢毛衣，又幸运地生活在一年四季穿毛衣的地方，务实的自己为了存钱的目标，在网上开了一家毛衣店铺，店名为"亲爱的嘉倩"。三十岁，给自己的挑战是不断尝试新事物，因此还开始学习拍视频、剪视频，每星期分享一个 vlog，借此记录我的冰岛生活。

一切都在变化，而以文字的形式定格某一时刻的生活，这便是写作的魅力。我仍然在继续行动，仍然在过着具体的眼前的生活，也仍然面对着不一样的挑战和未知。合上这本书以后，祝你也拥有属于你的具体生活。记住，重要的是行动，不断经历，哪管失败，反正开心自在。

有太多能说的故事，下一本书见。

坐在冰河湖的山坡，不用赶时间，观察游客，
也欣赏风景

感 谢

感谢我的父母，愿意相信我的选择，我永远爱你们。

感谢编辑妙妙，因为你，这本书有了生命。

感谢陪伴了这些年的读者，一本一本书走来，共同成长。

读完这本书以后，欢迎与我交流，我的读者邮箱是 dearjiaqian@gmail.com。

同时欢迎在这本书的豆瓣读书页面，写下你的读后感，不一定是评论，也可以是你的分享和故事，我都会去看。

如果希望了解更多的冰岛故事，欢迎关注我的微博和哔哩哔哩账号"亲爱的嘉倩"。

关于我在冰岛的生活，未完待续，我也非常好奇接下去会有怎样的新冒险，一起加油吧！

生活在一年四季可以穿毛衣的地方，
对毛衣爱好者来说真是一种幸运

在冰岛北部的众神瀑布，感受冬天冰天雪地的寂静